世界少年经典文学丛书

月亮宝石

[英]科林斯　著

谢　普　编译

中国出版集团　现代出版社

图书在版编目（CIP）数据

月亮宝石／（英）科林斯（Collins，W.）著；谢普编译. —北京：现代出版社，2013.2　（2025.1重印）

ISBN 978 – 7 – 5143 – 1317 – 8

Ⅰ．①月… Ⅱ．①科… ②谢… Ⅲ．①侦探小说 – 英国 – 近代 – 缩写 Ⅳ．①I561.44

中国版本图书馆 CIP 数据核字（2013）第 021780 号

作　　者	科林斯
责任编辑	刘　刚
出版发行	现代出版社
通讯地址	北京市安定门外安华里 504 号
邮政编码	100011
电　　话	010 – 64267325　64245264（传真）
网　　址	www.xdcbs.com
电子邮箱	xiandai@cnpitc.com.cn
印　　刷	三河市嵩川印刷有限公司
开　　本	700mm×1000mm　1/16
印　　张	9
版　　次	2013 年 2 月第 1 版　2025 年 1 月第 4 次印刷
书　　号	ISBN 978 – 7 – 5143 – 1317 – 8
定　　价	39.80 元

序　言

　　孩子是未来的希望，是父母心中的天使，是充满快乐的精灵。小学阶段更是孩子最快乐的时光，是孩子成长发育的黄金阶段。为了让孩子学习更多的课外知识，享受更加丰富的学习乐趣，我们策划了本丛书！

　　从小让孩子多读课外书，对培养孩子健康的心态和正确的人生观无疑将起着非常重要的作用。自《语文课程标准》公布以来，不少富有敬业精神、有才干的教师，在他们的教学中，担当起阅读教育的重担。他们在严谨的选材中，利用丰富的文学资源，向学生推荐了大量优秀的课外读物，实施了以"练成阅读和作文的熟练技能"为重要内容的阅读教育。大千世界充满了丰富的知识。阅读能丰富小学生的语文知识，增强阅读能力，提高写作水平，开阔视野，增长智慧。阅读本丛书，能够使孩子享受到阅读的快乐，激发起更浓厚的阅读兴趣，孩子的生活将充满新的活力与幸福！本丛书精选了世界名著和中国经典书目中流传最广、影响最大、最脍炙人口的作品，是培养小学生理解能力、记忆能力、创造能力的最佳课外读物。

　　最后需要指出的是，本丛书把世界上流传甚广的经典童话、寓言等也尽收其中，并将这些文学作品重新编写审订，使作品在不影响原著的基础上更适合少年儿童阅读，在丰富他们课余生活的同时提高语言和文字表达能力。本丛书通过科学简明的体例、丰富精美的图片等有机结合，使小读者不仅能直观地领略作品的精髓，而且还能获得更为广阔的文化视野和愉快体验。希望本丛书能成为孩子生活的一缕阳光照亮孩子前进的道路，能成为一丝雨露滋润孩子纯净的心灵。

编　者

目　录

第一部　钻石失窃

第二部　真相大白

第一部　钻石失窃

（一八四八）
朱丽亚·范林达夫人的管家
加百列·贝特里奇讲
述的种种事件

第一章

在《鲁滨孙漂流记》①的第一部第一二九页里，上面有这么几句话："目前我才渐渐了解，假如自己都不明白自己，就不要随意下结论，如此是很愚昧的，但是此时已经没有时间了。"

事实上，就在昨日，我恰巧翻阅到《鲁滨孙漂流记》的这个地方，恰巧今日早晨（一八五〇年五月二十一日），我们夫人的外甥弗兰克林·布莱克先生到来了，他对我说：

"贝特里奇，我来以前去了律师那里，和他谈了些有关家庭方面的事。另外，我们还随意提到了在两年前在约克郡我小姨的公馆里失踪了的那颗印度钻石的事情。布鲁夫先生与我的想法是相同的，也以为我们应当把这件事情的所有经过都写出来——而且越快越好。贝特里奇，而我认为，布鲁夫先生和我已经找到处理这件事的好办法了。"

能够毫无质疑地说，他们都是十分伶俐的人。但是我就是不清楚这事跟我会有何关系。

---

① 英国小说家丹尼尔·笛福（1661－1731）所写的一本著名冒险小说。

诸位，"我们有些事实需要描述，"弗兰克林先生继续说，"有几个人能够做这件事。不论如何，也就是说，我们应当一起合作，把有关月亮宝石的故事详细地写出来——我想，应当了解多少就写多少。并且我们此时必须从五十年前我舅舅亨卡斯尔先生在印度工作时，当时这颗钻石是如何成为他的产物说起，那正是这故事的开始，我已经从之前的书信里翻看到了。以后就要写明白两年前这颗钻石如何会那么巧妙落到了我姨妈在约克郡的公馆里的，却不知是何时、因为什么，过了不到十二小时却丢失了。贝特里奇，我想这件事没有人了解得比你更详细了。所以你一定拿起笔来，此刻就动笔，慢慢地写这个故事。"

现在，也就是弗兰克林先生走了将近两个钟头了。他刚一转身离开，我马上就走到书桌前动手写这个故事。不论如何，我在那儿就一直坐到此刻，我仍然还是写不完全。自此，我算是体会到了对《鲁滨孙漂流记》里那句话的见解了，原句是这样的："不自量力就轻举妄动是很愚昧的"。因此你总还记得，我只是在勉强地同意担任这份差事的一天，才偶尔地翻看这本书的，这难道不是老天安排，又是什么呢？

我想我并不迷信，但是我这一生也读过很多的书。即使我现年已经七十岁，不过我的记忆还挺好的，腿脚也还利索，因此我说《鲁滨孙漂流记》是一本前所未有的好书，你决不能把我这话不放在心上。数年来，我总是靠着这本书处理难题，因此我把它当作是我的知交。每次遇到心繁意乱时，我就看《鲁滨孙漂流记》；遇到毫无主意时，我也看《鲁滨孙漂流记》。我已经先后把六本正版的《鲁滨孙漂流记》都看透了。上次我们夫人过生日，又送了目前我手上的这第七本。

但是，这一点也不像是在动手写有关钻石的故事，是不是？于是我还是再拿一张纸，再来一次吧。

第二章

我在上面许多处讲到了我们的夫人。要说起来，要不是别人把这颗钻石当作礼物赠送给我们夫人的小姐，或许它就永远不会来到我们公馆里，也就不可能在我们公馆弄丢了。

再者，假如夫人没有生下这位小姐，她也就决不可能得到如此一份礼品，因此，这是为什么我一定得从我们的夫人讲起。

如果你对上流社会熟知，你就肯定听说过亨卡斯尔府第的三位动人的小姐。朱丽亚小姐是这三位小姐中最年轻美丽的，依我之见，她也是最突出的一位。在我十五岁时，我就进府给老爵爷——也就是她们的父亲——当差，做她三位年轻小姐的小跟班。没办法，我在那儿一直做到朱丽亚小姐嫁给一位目前过世的约翰·范林达爵爷。那时这位爵爷是个大善人，必须有个人来教导他。我私自给你讲述，这对他来说也有很多益处，让他得以活得开开心心，死得坦坦荡荡。

另外一点不好意思的是（刚才我忘了说了），那时我是跟着三小姐一同到她丈夫这个府邸和庄园来的。她说："我要是没有加百列·贝特里奇，那绝对不行。"当时约翰爵爷也说："我心爱的夫人，如果是我没有他，也是不成哩。"依此之见，我能给他工作这是一个重要的原因吧！对我来说，此时，到哪儿都相同，只要能与我的女主人在一起，就知足了。

以后，我被安置在庄园的总管手下工作。数年后，我就如我所愿地继了他的职位。因此，我也就在那儿成家，我虽然有了个如此好的位子，还有一间属于自己的小屋住，每天夜里还能够抽抽烟卷，看看《鲁滨孙漂流记》——那么还有什么让我不顺心的事呢？你应该还记得那年亚当单独一个人住在伊甸园里的时候他有什么请求吧①。要是你不拿这件事责怪亚当，那也就不能责怪我。

我相中那个心地纯洁的女人，就是替我管家的女人，她的姓名叫塞琳娜·戈比。她身体苗条健康，这是我娶她的最重要的一个原因。除此之外，我还有其它原因。塞琳娜还是个独身女人，原本我还需要给她付劳务费，她做了我的妻子后，我就不用为她付饭钱，也不用给她付工钱了。从经济利益中看，再加那么些许爱情，便是我对这门婚事的看法。

当我得到夫人的同意后，就去和塞琳娜说这件事。你猜测塞琳娜会如

①　据《圣经》记载，上帝创造出亚当后，把他安置在伊甸园里，怕他独居不好，又为他造了配偶夏娃。详见《圣经·旧约·创世记》第二章。

何说呢？我的上帝！假如你要是问此话，你就太不懂女人了，了解吗？她当然同意了。

我们将到举办婚礼的日子时，我却开始有点举措不定了。就开始想方设法去打探其它的男人要是处于我这种情形下是何心情。结果，他们在这以前的一周，私下全都希望别结婚。我呢，一定要比他们想得长远，真想完全解脱这桩婚事。但是，我可不是想白白地脱身！我愿意给塞琳娜一床鸭绒被、五百元钱，来获得本身自由。说来几乎让人无法想象，但是这是老老实实的事——她竟然表示回绝，真是愚昧无知！

不用说，这一来我以后完全毁了。我们这一对，虽说不上幸福，也算不上不幸。但我也不知是怎么回事，我们俩心地善良，有时不是你挡住我的路，就是我拦住你的道。当我刚要上楼时，我妻子偏偏下楼来；要不就是我妻子上楼时，偏偏见到我正在下楼。依照我的想法，结婚后生活就是这么回事。

我与我的妻子，在上楼、下楼问题上纠缠了五年，她就过世了，留下一个小女孩佩妮洛普。不多久，约翰爵爷也过世了，丢下了他的夫人跟女儿雷茜尔小姐。谢谢夫人一直关照，我的小佩妮洛普在学校读了几年书，此时她的年岁大些，就让她做了雷茜尔小姐的随身侍从。

我嘛，我还是做我的庄园管家，延续到一八四七年，我自己的生活才有了一个转折。那日，夫人忽然来到我的房间里，让我一同坐下喝茶。她说，我给她当了将五十多年差了，说着还送了我一件她亲手织的带花纹的羊毛背心，非常好看。我的女主人这么瞧得起我，我不知道该如何用语言来表示感谢。但是使我惊讶不已的是，这件毛背心原来并不是她对我的奖励，而是夫人另有计划。夫人要我辞去庄园总管这份差事，到公馆里当总管，度我的晚年。我们争论了许久，最终她允诺我让我思考一下再说。

夫人走了之后，我心里乱极了，就采纳我自己的老方法，吸着烟卷阅读《鲁滨孙漂流记》。不一会儿，我刚好在一百五十九页上见到了这么一句："今日我们喜爱的东西，明日我们就会厌倦了。"我立刻清楚我下一步该怎么办了。今日我是一心想接着当总管，但是依照《鲁滨孙漂流记》的权威说法，明日我可能就会不想做了。于是我也慢慢平静下来了。到了夜里，我在上床睡觉时，我的身份还是范林达夫人的庄园总管；但是到了次日早晨一觉醒来，我的身份就变成范林达夫人公馆的总管了。全部都如愿以偿，全部依靠《鲁滨孙漂流记》呀！

此时，我的女儿佩妮洛普也刚好站在我背后观察我，她耐心和我说，别人要我讲的刚好也是钻石的故事，而我却在谈着自己的事情。

第三章

我挠着头皮，最后还是没有想到其它办法。我只好和佩妮洛普商议一下，她倒给我想了一个好办法。

佩妮洛普说，她能够从我认识的弗兰克林·布莱克先生预备来我们这公馆那天开始写起，以后再循序渐进一天又一天地写下去。

如此的话，依照佩妮洛普的意见，从一开始就得先把看法告诉你。某个星期三的早上，夫人特意把我请到了她的屋子里，那时是一八四八年五月二十四日。

"加百列，"夫人说，"这里有个信息，你听了肯定会十分吃惊的，弗兰克林·布莱克刚刚从国外回来了，他明日肯定会到我们这儿来，要在这儿住到第二个月，和我们一同过雷茜尔的生日。"

我听了心里开心极了。弗兰克林先生小时候原本是同我们一同住这儿的，以后不知为何离去了，打那之后我一直没有见过他。在一群老是喜爱抽陀螺和损坏玻璃的调皮小孩中，他是最乖的一个。这时，雷茜尔小姐在一旁听着，她听我如此一说之后，跟我说，她记得他是英国一切暴君之中最让人讨厌的暴君了。"我只要一想起弗兰克林·布莱克，"雷茜尔小姐说，"就怒火冲天。"

但是此刻，让我来告知你吧，不知道为何，弗兰克林先生是在国外度过他的童年时代的！

弗兰克林的母亲是夫人的姐姐，当他还是一个小孩时，她就逝世了。他的父亲布莱克先生说，他不会把儿子的成长学习就如此放心地交给本国的学校来培养。并且，布莱克先生厌烦男孩子，即便是自己的亲儿子也不例外。所以，弗兰克林先生就如此让他父亲带他离开了英国，到了德国。

这个好孩子到了外国之后并没有忘掉我们，常常写信来，有时写给夫人，有时写给雷茜尔小姐，有时还写给我。他在出国前，还向我借一把小刀子，曾向我借过七十六块钱。他又写信给我，最重要是想再向我借些钱。

他离开德国的学校后，又进入法国的学校去学习，还就读意大利的学校。这因而让他成了一个万事通。他不仅会写些文章，而且也会画画，唱歌、弹琴、作曲、跳舞，无穷不通——但我猜测，他也不断借钱，就像之前跟我借一样。他长大之后，继承了他母亲的全部财产，但是不久就花完了。他越是有钱，就会越缺钱用。他身上的口袋仿佛有个洞，什么都放不住。不论他到哪儿，人们都喜爱他那副活泼可爱的模样。他在这儿住段时间，在那儿住段时间，四处漂泊。随后他最终拿定主意，回英国来看我们。就在五月二十五日，星期四，我们立刻就要首次见到我们的乖孩子长大后变成什么模样了。他出身贵族，现年是二十五岁，是真正的男子汉。

我记得星期四那天是个特别晴朗的日子。夫人和雷茜尔小姐那时认为弗兰克林不论如何，要到吃晚饭时才能抵达这里，于是就乘坐马车，约了几个朋友一同去外面吃饭去了。当她们走了之后，我前去看给客人住的房间准备得怎样了，忽然听见从露天平台上传来轻微的敲鼓声。

于是我急速赶往平台上面，看到有三个身穿白衣服的印度人，他们正在朝公馆的房子那边观看。并且那三个印度人手里都拿着小手鼓。就在他们后面，还立着一个头发深蓝色的小男孩，手中拿了只口袋。当时我想，这帮人大概是走江湖变戏法的，而那个小男孩一定就是替他们拿工具袋的。印度人中有一个会讲英语的，态度特别文雅，他和我商议要给这家的夫人表演几套戏法。

那时我很气愤地告知他说，我们的夫人今日出去了，而且特别礼貌地请他们走开。那印度人用优美的姿态向我鞠了一躬，回了一下礼，之后就和他的同伙一同走了。后来，我就坐在庭院向阳的那面开始打起盹来，始终想着刚才的那事。

然而，我女儿佩妮洛普匆匆忙忙地自顾自地朝我跑来，我便让她给吓醒了。你猜我女儿怎么了？不知为何，她要我叫人把那三个印度人给抓起来，由于他们早就了解今日是谁从伦敦来到这里看我们，而且他们肯定会对弗兰克林·布莱克先生不利。

原来，佩妮洛普看到那些变戏法的印度人从这里走开后，发现他们走在路上时耍了一套让人最为惊讶的戏法。起初，他们先朝大路四周左右察看了一番，确定周围没有人后，就用方言谈了起来，有时还忐忑不安地彼此看着。之后他们都回头看着那个英国小男孩，好像在想让他来帮助他们。于是其中会说英语的为首的印度人就开始对小男孩说："请把你的手给我伸出来！"那个小男孩很不愿意地伸出了自己的手。不知为何，那印度人取出一个瓶子，在小孩子的手上倒了些墨水似的黑东西。印度人用手摸了摸孩子的头，又在他头顶上方画了几道符，之后又说了声："看！"那孩子就笔挺地站在那儿，丝毫不动，像个木头人似的，眼睛直直地盯着自己手掌心上的墨水。

最终三个印度人便又朝大路四周观看了一会儿，随后会说英语的那个人对小男孩说："有没有看到那个从国外回来的英国老爷？"

那个孩子答道："我看到了。"

那印度人再问："那个英国老爷今日是从这条路来这家公馆呢，还是走其它的路呀？"

小男孩回答："那个英国老爷今日是要走这条路来这家公馆，不走其它的路。"

但是过了片刻，那印度人又问他道："那个英国老爷一路上都贴身携带'它'吗？"

又过了片刻，孩子才吞吞吐吐地回答说："带着。"

那印度人继续又问一个、也是最后一个问题："那个英国老爷是否照以前约定的那样，在天黑以前抵达这儿？"

孩子说："我无法说了。我特别疲倦了。我今日什么都看不见了。"

问题到了这儿就算了结了。为首的那个印度人便在男孩的额头上画了几道符，又在他的脑门使劲地吹了口气，便把他弄醒过来了。随后，他们就向镇上的方向去了。如后来我们调查的那样，他们的的确确就住在镇上。佩妮洛普也没有再见过他们。

我对佩妮洛普说，这无关紧要，那些印度人只是从我们的仆人口里听说弗兰克林先生大概会到这里来，他们只是在预演一下戏法，仿佛排戏的彩排一样，我猜就是如此一回事。但是依照我女儿之见，这件事不可轻视。她让我必须关注其中的问题："那个英国老爷一路上都贴身携带它吗？"

"哦，爸爸，"我女儿说，"所谓'它'指的是什么呀？"

"我们回头问弗兰克林先生吧，我的心肝宝贝。"我开玩笑地说。

"问他，"佩妮洛普心有疑虑地说，"瞧瞧他会不会也把这当作个笑话。"说着，我女儿扭身就走了。

她走了之后，我就决心回头问一问弗兰克林先生——最重要的是为了让佩妮洛普静下心来。

我们讲的情形，以下将另有细致说明，我只是在这儿先谈一下。使我十分惊讶的是，弗兰克林先生也同佩妮洛普相同，把这件事看得十分重要。究竟有多么重要呢？那么我告诉你，"它"指的就是月亮宝石，这下你就会清楚了。

第四章

我女儿佩妮洛普走了以后，我还没来得及再打个盹，就已经听到仆人们的厨房里碗碟声噼里啪啦响作一团，这也就是说午饭已经预备好了。之后，又见到有个年轻美丽的女孩跑了出来。这次她可不是我的女儿了，而是厨房里的南茜，她十分气愤地对我说，人家派她去找罗珊娜，罗珊娜再不来，就要错过午饭啦。

"罗珊娜去哪儿了？"我问道。

"不必多说，此刻肯定在沙滩上。"南茜说，"今日早上她的头痛病又发作了，就要求出去呼吸新鲜的空气。她却让我不了解怎样是好！"

"姑娘，你先回去吃饭吧，"我说，"我还能够受得了，还是我去找她吧！"

于是，我就拿起了手杖，走向沙滩了。

哦，在我接着讲下去之前，我必须得先讲讲罗珊娜和沙滩的一些事——由于两件事都与钻石的事有紧密的联系。

罗珊娜是我们公馆里唯独的刚来的仆人。不久前，夫人在伦敦观看了一座感化院时，女管事看到夫人对那个地方颇有好感，就指着那个叫罗珊娜·斯比尔曼的女孩对她讲了一个特别凄惨的故事。最后简略地说，罗珊娜·斯比尔曼之前曾当过小偷，不过她跟那些在伦敦城里开公司、并且还抢夺成千上万人钱财的贼截然不同，或许由于她只偷过一个人的钱。女管事从心底里对罗珊娜的观点是：无论她之前做过多少的坏事，可是这女孩本质并不坏呀！也许她需要的是一个改过的机会。夫人认真地听了以后就对女管事说："就让罗珊娜·斯比尔曼上我那儿去干活吧，这样她就有了一个自新的机会了。"过了一周后，罗珊娜·斯比尔曼就到达了公馆，而且当了一个干杂活的女仆。

因而，除了夫人雷茜尔小姐和我以外，也就再没有其他人了解这女孩的底细了。或许没有哪一个女孩比不幸的罗珊娜拥有再好的时机了，因此，为了报恩，她工作特别细心，并且做得特别好。不过不知为何，她在那些老女仆之中总没能交上一个朋友，后来，只有我女儿佩妮洛普待她非常好，算是她唯独的朋友。

但是，我并不清楚、也不明白她们为何不喜爱那女孩。她身上并没有什么独特的地方会惹来别人的嫉妒。在我们公馆里的女仆中，就数她长得最丑，而且她的肩膀还倾斜着，我想，这也就是仆人们不喜爱她的理由吧？也许是由于她不爱说话，喜欢独来独往，因此别人在聊天时，她一直在读书或者工作。每回排到她能够出去时，她一直单独一人出去。另外一点需要讲明一下的是，她即使长得丑，但有着某种气质，不像个仆人，反像个小姐。她这副小姐气质或许是在她的语气里，或许是在她的表情上。不论如何，总而言之，从她第一天踏入我们公馆的那一刻起，那班女仆们就说罗珊娜·斯比尔曼太骄傲了。

另外，我们的公馆紧靠广阔无边的大海，周围都有很多条曲曲折折的小径，却只有一条通往凄凉险要的小海湾。并且，在那儿，在两块岩壁之中，有一片约克郡海岸这一带最可畏的流沙。只要潮水一退，那里整片流沙的表面就开始颤动，最后那样子真是很怪异，于是我们这附近的人都管它叫颤动的沙滩。而且，一直没有一条小船敢驶进这个小海湾，村子里全部的孩子也从不去那里玩。依我之见，就连飞鸟也会躲避这个颤动的。然而，一个年轻女孩，此时放着很多景色优雅的小径不走，偏要走如此个地方，孤独地一个人坐在那儿做手工、看书，几乎是让人无法相信。但是说真的，罗珊娜偏就爱来此种地方。所以此时我就是去那里找她回来吃午饭。

我缓慢地走出了门，经过一个个小沙丘，来到了海边。只见她头戴无檐而又漂亮的小帽，身披灰色而又紧身的斗篷——她非常喜欢披上这件斗篷中来掩饰她有点畸形的肩膀，随后单独一人静静地在这儿观望着流沙和广阔无边的海洋。

我走到她身前时，她背过脸去并没有看我。不过我见到她在流泪，于是我取出手帕，轻声对她说："我的可爱的孩子，我先给你擦试了泪水，随后你再告知我你流泪的原因吧。"

"我哭是为了以往那些岁月的事，贝特里奇先生。"罗珊娜小声地回答说，"有时候我自己总是回忆到以前的日子，它们总是令我留恋忘返。"

不知为何，这女孩十分让我替她感到难过。我真的不了解该如何去安抚她，我唯独能做的就是每回都带她回去吃午饭。

"你吃午饭要迟了，罗珊娜。"我说，"我是特地来叫你的。"

"你这人真是太热情了，贝特里奇先生。"她说，"我今日不想吃午饭，让我在这儿再待一会儿吧。"

"你为何一直喜爱坐在这里？"我问道，"是什么原因一直把你吸引到这鬼地方来的呢？"

"不知为何，有股神奇的力量把我直向这儿引的，"姑娘低声回答说，"敬爱的贝特里奇先生，你了解吗？有时候，我会觉得我的坟墓就在这儿总是等着我呢！"

"不过家里不仅有羊肉、并且还有布丁等着你哩！"我说，"快点回去吃午饭吧！别在这里了，罗珊娜，就算你挖空心思想，也想不出来的！"一个二十五岁的年轻女孩居然讲起坟墓这样的词语来，我听了就气愤。

然而她仿佛没有听到我的话。"我觉得这里把我完全地给吸引了，我每天夜里都梦到这地方。而且，你也应当了解我对夫人的感激之情。但是，我有时候认为，像我这个有过许多经历的女人，这儿的生活对我来说实在太平淡，太完美了。每回我和其它仆人们在一块时，我就明白我跟她们其实是不同的，所以我感到特别孤独和无聊，甚至比待在这里还要孤独。"她突然指着那片流沙。"看，"她说，"它有多奇妙！有多可畏！我在这儿看它无数次了，但是每回我都感到奇特，也不知为何，仿佛之前从未见过它一样！"

我沿着她指的方向看去。

"你明白我认为这流沙看上去像什么东西吗？"罗珊娜说，"看去就像有成千上万的人给埋在下面——一个个却都想钻出来，但是这些人全都越陷越深！贝特里奇先生，要不你扔块石头试试看，让我们看看沙子是怎样把它给吞失的！"

我还没来得及回答，就隐隐约约地听见有人在沙丘间喊道："贝特里奇，贝特里奇，你在哪儿？"那时我并不了解是谁在大声地呼喊我，就大声回答："我在这儿！"罗珊娜快速站起身来，依着声音看去，随后我却见到女孩的脸刹时变了色，我便不由得暗自惊讶。

罗珊娜又忽然变得美丽并且神采奕奕，平时一直苍白的双颊泛起了一片绯红。"是谁？"我继续问道。罗珊娜然后也跟着问了一声："哦，是谁呀？"她的声音特别柔美，不像是在对我说，更像是自言自语。于是我快速地扭头一看，只见沙丘间隐隐约约迎面走过来一位身材好看并且又年轻的先生，穿一件美丽的灰色西服，纽孔里还插着一朵美丽的玫瑰花，脸上带着笑容，就连颤动的沙滩见到他也会回他一个甜甜的微笑哩。

刹那间，那年轻先生就快速地走到了我的身旁。随后他用外国人见面的礼节紧紧地抱住我那又细又长的脖子，简直把我勒得喘不过气来。"亲爱的老贝特里奇啊，"他说，"我还欠你七十六元钱。这下你该明白且了解我是谁了吧？"

我心里说，我的老天呀！原来是弗兰克林·布莱克先生，几乎无法想象！——他居然比预定时间提早了将近四个钟头。这也是出乎所有的人意料的。

还没等我来得及开口说话，看见弗兰克林先生惊奇地关注着罗珊娜。那时我也朝那女孩瞧了瞧。不知为何，她的脸一下就通红了，一副仿佛很为难的模样。之后她忽然一声不吭地转身走开了，我倒觉得这不像她平常的性格，我一直琢磨不透。

"这姑娘真是怪异，"弗兰克林先生说，"我觉得她仿佛是在我身上看到了什么让她吃惊的东西一样。"

"先生，"我回答说，"我看可能是你的这副外国气派吧。"不知为何，那时，我跟弗兰克林先生一点都不明白罗珊娜这番怪异的举动到底是为什么。不过刹那间，我们就把这不幸的女孩的事忘得一干二净了，直到过了许久，我们才渐渐地了解这件事情的真实情况。

第五章

我刚想站起身来，弗兰克林先生拦住了我，也不知为何。

他说："这鬼地方还是有一样益处，这儿就仅有我们两个人。也没有外人扰乱。你再留一会儿，我有话要慢慢地跟你说。"

那时，他跟我说话时，我心里还总是打量着他的谈吐举动。他的样子跟之前已经有许多地方截然不同了，他的双颊已经变得苍白了，但是最让我惊讶的应该是他的下巴和嘴唇上下都长满了褐色的胡子。但他举动活泼，样子快乐，但是和他小时候那副活泼可爱的模样相比，就相差甚远了。更糟糕的是，小时候看他，本想他会长得很高，然而目前他长得也并不高，反而是身材偏瘦但健壮，但是较矮小，中等身材都算不上吧。无论如何，经过这么多年，他之前的模样完全消失了。此时只有眼睛中那闪耀着聪明直爽的神色还没有变，从中我又找到了之前那个乖孩子的影子。

"我真开心你又回故乡来了，相见一面真难啊，弗兰克林先生。"我说，"但我们没有料到你会如此早就到了，先生。真是出乎意料啊！"

"我之所以比预定的时间早到，其实是有许多原因的。"弗兰克林先生回答说，"我呀，近来三四天，总疑心自己在伦敦已经被那些人盯上梢，而且还受到了监控。我之所以不乘下午的那班车，换乘早车，就是为了要摆脱一个脸色黝黑的监控我的外国人。"

当时听了这话我十分惊讶，使我立即回忆起那三个变戏法的印度人、而且还想起佩妮洛普说的他们想要加害弗兰克林·布莱克先生的话来，我便问道："谁在监控你，先生？你能和我说明白吗？"

"把今日到公馆里来的那三个印度人的事给我讲讲。"弗兰克林先生并没有在意我的问话，而是径直说道，"贝特里奇，说不定那个监控我的外国人，和你见到的那三个变戏法的是同一伙的。"我当时吃惊得说不出话来。

"你怎么知道来过三个变戏法的，先生？"我问道。

"我在公馆里已经见过佩妮洛普，"弗兰克林先生回答，"是她告知我的。从小就看出你那女儿长大会变成一个既美丽又贤淑的女孩，贝特里奇，目前看来她确实长得特别美丽和贤淑了。但是即使我尊敬你，然而我还是忍不住……这没什么。打她还是小孩时，我就跟她很熟了。我当时如此做，对她并不会有什么不利的。然而目前还是让我们来谈正事吧。说说那几个变戏法的到底做了些什么，你女儿说你会把他们的情形完完全全，仔仔细细告诉我的。"

于是，我心里对我女儿有点生气——并不是由于她让弗兰克林先生如此就亲了嘴，我也并不反对——而是要我来重复她所讲的那个无聊而又无稽之谈的故事。然而目前没办法了。当弗兰克林先生认真听了我描述的故事之后，他那副开心心的模样一下子全部消失得踪迹全无了。随后，他又把三人中为首的那个问孩子的那两个问题又反复了一遍："那个英国老爷今日是不是从这条路来这家公馆，不走别的路？""那个英国老爷一路上都贴身携带'它'吗？""因此我疑心，"弗兰克林先生从口袋里取出一个小纸包，"它指的东西就是这个。贝特里奇，'手里这东西'就是我舅舅亨卡斯尔的那颗有名的钻石——'月亮宝石'。"

"我的上帝啊，先生，"我不由自主地喊了起来，"你从哪得到那个无德上校霸占的这颗钻石的？"

"在那个无德上校的遗言里，特别的指出要把他的这颗钻石赠给我的表妹雷茜尔，当作送给她的生日礼物，"当时弗兰克林先生说，"那个时候，我父亲是那无德上校的遗嘱办理人，也正因如此，因此就命令我把这钻石送到这儿来了。"

我当时听了这话心里就想，哪怕就算是我亲眼目睹大海忽然之间变成陆地，我也不会比这更感到奇怪的了。

"上校的钻石还要留给雷茜尔小姐？"我说，"先生，你父亲竟然是上校遗嘱的执办人！哟，这可真是太怪异了，太怪异了吧？"……

　　弗兰克林先生说：“你能把你了解的关于上校的事都告知我吗？那么，我也告知你，那时我父亲是如何成了上校遗嘱办理人的。我在伦敦就已经发现上校和他这颗月亮宝石的一些秘密了，也许其中有一些不光彩的地方。你管他叫‘无德上校’，你能告知我原因吗？”

　　他当时看了我一眼，我看他并不是在说笑话，片刻后，我就告知他了。

　　约翰·亨卡斯尔是夫人的二哥。我当时相信他是世界上最坏的坏蛋。他进了部队，开始在皇家禁卫军里，那时他还不到二十二岁，所以他就必须离开皇家禁卫军，随后到印度去服兵役。也因此他参加了攻打塞林加帕坦的战争。于是不多久又转到另一个团，后来继续又被换了一个团。最后他在他们那个团里好不容易混了个上校军衔。然后不了解为何他当上了上校，同时却可怜地得了日射病，便回英国来了。

　　更可怜的是他回来时声名涂炭，因此亲戚们个个都争着请他吃闭门羹。随后夫人就发誓永远不准他上门。大家之所以要躲避上校的原因就有了许多，我在这儿只为了讲讲钻石的事。

　　听说他是用不光彩的手段抢夺到这颗印度宝石的，究竟真假与否也没有人了解。他也从没打算卖掉它，从来不把它交给别人，也从来不让人看它一眼。当时有人说他这是心虚，胆怯让别人见到，一见到自己会枉送性命。这种说法也许有点依据，然而他在印度时，有两次几乎送了命，听说都是因为这颗具有时代意义的月亮宝石的原因。随后他一到达伦敦，大家都想方设法地回避他，听说也是由于月亮宝石的原因。男人们都不让他参加俱乐部，当时他向女人求婚，也都一个个回绝他。亲戚朋友在街上遇见他，都假装不认识他，全都装近视，只当没见到他。

　　当时我们常常听到关于他的多种多样的流言。有些时候有人说他已渐渐地开始吸上鸦片；有些时候又有人说见到他在伦敦的那些贫民窟里，整日和那些游手好闲的人混在一起。总的来说，上校过的是一种既孤独又可恶的并且又是不光彩的黑暗的生活。自从他回到英国后，我也只见过他一次，由于不想再见到他。

　　也许是在两年之前，也就是可能在他过世前一年半的时候，出乎意料上校竟来到夫人在伦敦的住所。记得那是六月二十一日，是雷茜尔小姐的生日，那晚有一个生日庆祝晚会。

"前去给我妹妹通知一声，"他说，"告知她，我今日是专门前来为庆祝我外甥女生日的。"当时他就站在大厅里，看上去又瘦又老，并且穿得破烂至极，但是还是之前那副狂妄的恶煞煞的神气。

当时夫人不愿见他。"去告知亨卡斯尔上校，"她说，"就说范林达小姐此时没时间，再说我也不愿见他。"

当时更让我惊讶的是，上校听了这种无礼的话竟然面不改色。他只是紧紧地盯着我看了一会儿，后来就嘿嘿地笑了两声。这笑声不像是从他嘴里发出来的，仿佛是别人发出来的，这种毛骨悚然的阴险的奸笑让人有种胆怯感。"感谢你，贝特里奇，"他说，"我永远不会忘掉我外甥女的生日的。"他说完这句话，就转身离开了。

又过了一年，第二年小姐过生日那天，我们听说他已经病倒在床上。又过了六个月，夫人又收到一位名望极高的牧师的来信，他告知了夫人两件奇事：第一件是，上校在临死前居然饶恕了他的妹妹；第二件是，他还饶恕了每一个人，像个基督徒似的死去了。其实我自己对教会还是很尊敬的，然而我敢断定，那个坏蛋最后还是留了一手，让那位牧师当了一回真实的笨蛋。

以上所有就是我对弗兰克林先生说的话。当时他听得很仔细。因此听我谈到上校在他外甥女生日那天被自己的妹妹驱出门时，弗兰克林先生的神情就像有把刀子捅入了他的心房！我觉察出，我讲的故事使他有点忐忑不安了。

"此时该轮到我来告知你、我在伦敦发现的一些情形了。但是我要先问你一句话，老朋友，看模样你仿佛不清楚我为何如此担心、忐忑不安，对吗？"

"你说得对，先生，"我回答说，"看我的表情就明白了。"

"是这样的，我从我舅舅送我雷茜尔表妹那件生日礼物上来看，就该了解这里涉及到三个十分重要的问题，"弗兰克林先生说，"首先第一个问题：是不是在印度时有人预谋想要抢夺上校的那颗宝贵的钻石呢？第二个问题：不了解那些预谋想要抢夺钻石的人是不是已经跟着来到了英国？第三个问题：我想问，上校是不是已经了解这一预谋？随后他是不是有意把钻石当作生日礼物送给外甥女，从而把灾害和险要带到妹妹家？这就是令我所忐忑不安的原因。你听了可别被吓坏了。"当时他说得很轻巧，我倒早给吓呆了。假如他说得没错的话，我们这原本宁静的英国公馆，也许要被这颗该死的印度钻石给搅得永不平静了。我想这颗不祥的钻石，就是那个死人预谋用来报复我们的根源。大致想象一下，在十九世纪，在这样一个先进的年代里，谁听到过这样的事？

当时我几乎给吓呆了。真想抽上满满一袋烟，随后再看看《鲁滨孙漂流记》。

第六章

我依然默不作声，恭恭敬敬地请弗兰克林先生继续往下说。

"你还记得吗？贝特里奇，"弗兰克林先生当时说，"亨卡斯尔舅舅从印度回来期间，我父亲正牵连进一场官司里。亨卡斯尔舅舅手上有一些重要的资料，我父亲以为这些资料对他打赢那场官司可能有用处，于是他就去找上校了。上校的回答特别怪异，他答应让我父亲拿他需要的那些资料，但条件是要我父亲答应为他做一件事。他说感谢战争，这样才使他拥有了这颗世上最珍贵的钻石。但同时也以为贴身携带这颗宝石，不论走到哪里，即使是他或者宝石都是危险的。于是他决意另外请一个人妥善保管这颗珍贵钻石，然而那个人不必承担任何风险，他能够把它和一封密封的信一起长期存放在银行的保险库里，不过他的责任只是每年在一个预约的日子里，拆看上校寄来的一封信，并且信里只简略地描写那天他还活着。要是过了那个日子，接管人还没收到上校的信，这就说明上校已经被人杀害了。于是，在这种情形下，也只能在这种情形下，他把和钻石放在一块的那封密信打开，随后遵照信上说的方法办理。要是我父亲答应担任起这份怪异的职责，那么上校的资料就会给我父亲。"

"结果如何呢？先生。"

"如何？"弗兰克林先生说，"如何？详细的情形回头我会慢慢的告诉你。我父亲说，这件事的确滑稽。上校从印度带回来的只不过是一块廉价的水晶，最后他却把它当成了钻石，还说有人要谋杀他，这也不过是他的痴心梦罢了。因此看来是上校抽鸦片的年月已经很久了，因此就每件事情都这么胡乱猜忌了。但是那时我父亲没有其它办法，还是答应担任起这份怪异的职责，由于他当时想得到那些宝贵的资料，除此之外无计可施。于是之后钻石和密信都放进了银行的保险库，上校那些准时报告自己依然存活在世上的信件，就由我们家庭的律师布鲁夫先生临时代替我的父亲收看。

"我父亲拿到那些资料后，从此就再也没有见到过上校。布鲁夫先生每年都会在预定的日子按时收到上校邮来的信。当时我看过那些信，写得全都按部就班：'先生：现特告知，本人仍然健在。请将钻石妥善保存。约翰·亨卡斯尔。'不过，在大约六个月或八个月以前，来信的写法却首次有了改变。信上写道：'先生：据告我将不久于人世。请来寒舍一趟好吗？求你帮我代拟遗嘱。'随后布鲁夫先生就去了上校独住的那座小别墅。陪伴上校的除了来给他做家务的仆人和给他看病的医生，几条狗、几只猫，还有几只鸟，别无他人了。当时上校已经花去了自己的三分之二财产。遗嘱一共三条：第一条是接着喂养他喜爱的那些家禽家畜；第二条是给某大学的一位年轻而又勤快的实用化学教授提供资助；第三条就是把月亮宝石必须赠送给他的外甥女作生日礼物，条件是要我父亲做执行人。起初，我父亲是回绝做这件事的，但细心考虑，没办法，也就同意了，由于布鲁夫先生提出，这事得为雷茜尔小姐着想，这颗钻石或许还值几个钱哩。"

"上校有没有说出详细的原因，先生，"我问道，"他为什么还要把这颗钻石赠给雷茜尔小姐呢？"

"他说了。但是你别插话，贝特里奇，故事得一件一件地说呀。上校即使死了，但照例必须把钻石拿去作评估。没有想到珠宝商们也全都证明上校的话是无误的——他拥有一颗世界上最大，最珍贵的钻石。这颗钻石无论如何，少说也值两万英镑。那时听了之后，我父亲的那份喜悦也就别提啦！他很幸运由于他几乎回绝当执行人，也就是几乎让这块稀世珍宝落到外人手中去了！即使他目前对这件事已经有了兴趣，也就打开了那封跟钻石保存在一块的密信。就在那时，我就想，这信倒是给我们提供了一条线索，就是告知我们、威胁上校生命的预谋是什么。"

"先生，"我说，"那你是真的相信这里面有个极大的预谋了？"

"是的，"弗兰克林先生说，"密信里写的和我想的是完全相同，但是写的是他要是死了那么执行人该怎么做。另外，万一他遭到暗害，也就是说没有在约定的日子里接收他的来信，我父亲就需要把这颗月亮宝石偷偷地带到阿姆斯特丹①，随后再找个著名的宝石工匠，把钻石割成四块或者六块，但是切割后的宝石要卖掉，卖掉后所得的钱就用来资助遗嘱里提到的那个既年轻、又有学识的化学教授。哦，贝特里奇，你从上校的信里，能看出什么吗？"

对此，我并不能说出什么看法，结果倒是弗兰克林先生告诉我这到底是怎样一回事。

"请留意，"弗兰克林先生说，"只要上校不被暗害，那么钻石就能保留。'假如杀了我'，上校说，'这钻石就不再是这钻石了。即使它的价值并没有消失，但肯定会失去本来面目。'"

"我的上帝啊，先生，"我惊叫了起来，"那么这预谋到底是什么呢？"

"预谋就是这块宝石主人，那班印度人筹划出来的。没想到这事完全在于某种古老的迷信。从外表来看，这是我的看法，但我此时手里的一封书信能够证实这件事。"

于是此刻我清楚了，为什么弗兰克林先生会对来过我们公馆的三个变戏法的印度人这么的关注和重视。

"哦，我想这是我自己的看法，"弗兰克林先生继续说，"呃，但是还是让我们来一同探讨一下有关于我们的现实问题吧。无论结局如何，自从上校过世之后，那个争夺月亮宝石的预谋是否还接着存在？当上校将这颗钻石当作生日礼物送给他外甥女的时候，那他是不是已经了解这一点呢？"

听他说到这里，我才开始清楚了，这事归根结底还是跟夫人和雷茜尔小姐有关。我仔仔细细地听他说着。

"我发现月亮宝石有这样一段故事后，本不愿把它带到这儿来，"最

---

① 荷兰首都。

后弗兰克林先生说，"但是布鲁夫先生说了，总需要有个人来办理这件事。即使如此的话，还是我来办为好。于是我从银行里小心谨慎地拿出钻石后，就有个衣衫破烂、脸色黝黑的男人在街上监控我。一点没料到我在伦敦又特别意外地收到了一封信，又耽误一些时间。于是我把钻石又再次存进银行，但是此时，我想我又看见了那个衣衫破烂的男人。今日早晨我再次取出钻石时，第三次看见了那个人。我想方设法摆脱了他，而且不乘午后的车，改乘上午的车。于是到达这儿——我听见的第一个消息是什么呢？居然是听到有三个变戏法的印度人已经来过这里了。并且他们还清楚我要来，而且还了解我身上带着什么东西。这到底是偶尔的巧遇呢，还是一个证明呢？证实月亮宝石刚从银行取出，就让那几个印度人给盯上了？"

他和我都无法回答这个问题。我们彼此打量着，之后又看看潮水。不知过了多久，弗兰克林先生从自己口袋里取出一个信封，他拆开信封后，把里面的一张纸取出来递给我。

"读读这个，贝特里奇，"他说，"再回想一下，上校回英国后，范林达夫人是如何对待她这位哥哥的。"

他递给我的是上校宝贵的遗嘱附件。

> 第三条，也是最后一条，要是在我过世后的第二年，我孀居的妹妹朱丽亚·范林达在她独生女雷茜尔过生日那天仍然活着的话，随后就把我的这颗在东方以月亮宝石出名并且也有史代意义的黄钻石，赠送给我的外甥女雷茜尔·范林达。无论如何，我请求遗嘱执行人在我过世的第二年，也就是在她过生日那天，一定当着我妹妹朱丽亚·范林达的面，将这颗钻石赠送给她的女儿。并且嘱咐遗嘱执行人转告我的妹妹，我将这颗钻石赠送给她女儿雷茜尔，是为了证实我临死时已经谅解了当年她女儿生日时她回绝我入门的羞辱。

看完以后，我把这张纸递还给弗兰克林先生，我不知该怎么对他说才好。或许你也了解，在此以前，我总是觉得上校那人，不论他是活是死，都是很无德、没有人性的。我并不是说，看了他遗嘱的附件，我的看法已经有了改变，反而让我对他已经更加的讨厌了。

"呃，"弗兰克林先生说，"既然目前你也已经见了遗嘱，那你对这有别的看法？"

"先生，"我回答说，"不论他是不是临死时都还怀着可畏的报仇心理，而嘴上却撒了个讨厌的谎，这确实是很难说。这事只有上帝知道，别问我了。"

"贝特里奇，他给雷茜尔的生日礼物，只有在她母亲活着的时候才给，你对这件事怎么看？"

"我不想说死人的坏话，先生，"我说，"但是，要是他有意要让这件礼物给他妹妹家带来灾害，必定就得在他妹妹活着送给雷茜尔小姐啦。"

"哦，这就是你的想法吗？"弗兰克林先生说道。

"那么，你有什么见意呢，先生？"

"依我之见，"弗兰克林先生说，"上校的用意也许是向他妹妹证明，他在死以前谅解了她，用送给她女儿一份贵重礼物来表达他的心意。综上所述，这是最恰当的解释。"

弗兰克林先生作出这个结论后，仿佛觉得已经做了自己该做的事，便在沙滩上躺了下来，继续问我接下来该怎么做。

他是个聪明人，头脑很灵活，在这件事情上，总是处于主动，我没有想到，此刻他居然变得这么没有主意，居然让我来出主意。随后我才知道——雷茜尔小姐告诉我，她最先发现这一点——弗兰克林先生这种莫名其妙的变化，主要是由于性格还没有定型时就受的外国教育。当年他出国后，到过许多国家，致使性格也变成多方面，常常让他处于矛盾心理。他有时奔忙，有时又懒惰；有时果断，有时又不知所措。他有法国式的性格，又有德国式的性格，同时也有意大利式的性格。另外，还不时表现出原本就有的英国式性格。雷茜尔小姐常常说，当他忽然甜言蜜语地把责任推到你身上时，就是他的意大利式性格占上风了。这次，假如你说他是意大利式性格占了主导的话，那么，我觉得，这倒让你猜中了。

"接下来该怎么做，这应当是你的事吧，先生？"我问道，"这不是我的事吧？"

"我不想毫无根据地去惊扰我姨妈，"他说，"我也不想不预先招呼她一声。假如你是我，贝特里奇，你说我该怎么办？"

我只说了一个字："等。"

"那要等多久？"弗兰克林先生说。

我向他说明了我的意思。

"依我之见，先生，"我说，"总得有个人把这颗钻石，在雷茜尔小姐生日那天送给她。那好吧，今日是五月二十五日，她的生日是六月二十一日。中间大概还有二十多天的时间。我们先看看这期间内会发生什么事。看情形再决定是否要告诉夫人。"

"妙极了，贝特里奇！"弗兰克林先生喊了起来，"不过这钻石如何安置呢？"

"当然是遵照你父亲的办法做了，先生！"我回答道，"你父亲把钻石放在伦敦银行的保险库里，相同道理，那你就把它放在弗里辛霍银行的保险库里（弗里辛霍是离我们最近的一个镇）。假如是我，先生，"我补充说，"趁此刻夫人和小姐还没回来，我马上骑马去弗里辛霍一趟。"

眼下就有事情做——并且又是骑马去——弗兰克林先生听了开心得跳起身来，还激动地一把拉起我，"贝特里奇，你真是一点即中啊。"他说，"快走，立刻把马厩里最好的马备上鞍！"

他本身那英国式的性格终于显露出来了！这才是我认识的弗兰克林少爷，使我回想起以前的那段愉快的日子。

我们急忙地赶回公馆，匆忙地把最好的马备上鞍子。弗兰克林先生着急地骑马，去把那颗倒霉的钻石再次存放进银行的保险库里去了。他走了之后，我哀伤地发现自己又成了孤独的一个人。这时，我觉得自己仿佛刚从一场睡梦中醒来。

第七章

我正心不在焉地待在那儿，想单独一人安静一会儿的时候，我女儿佩妮洛普却又来扰乱我了——就像她过世的母亲从前总在楼梯上阻挡我走路一样。她急着要我马上把弗兰克林先生跟我谈话的内容，一五一十地全部告诉她。但是此刻，我可不想满足她的好奇心，因此我就骗她说，弗兰克林先生和我只谈了些外国的政治，然后就没有再谈下去，后来我俩就在温暖的太阳底下睡着了。

黄昏的时候，夫人和雷茜尔小姐都回来了。毫无质疑，当她们听到弗兰克林先生刚来又骑马走了的时候，都感到特别的惊讶。肯定，免不了又把我详细询问了一遍。对她们，我一定不能再撒谎说什么"外国政治"、"在太阳底下睡觉"那一套了。因此，我就说弗兰克林先生乘早班车来，是由于一时开心。紧接着她们又问我，那他一到便又骑马出去，不会也由于一时开心吧？我回答说："是的，就是如此的。"我想，这就是我的特别聪明之处。

刚刚过了夫人和小姐这道关卡，回到自己房里，我的面前又出现了另外一道难关。我女儿又来问我另一个问题了。这一回她只想让我告诉她罗珊娜·斯比尔曼到底是怎么回事。

原来罗珊娜在颤动沙滩前跟弗兰克林和我分手回到家里后，变得很怪异。她有时候无缘无故地开心，有时又无缘无故地烦恼，她问了许多关于弗兰克林先生的情形。听到佩妮洛普说是不是有位陌生的先生对她显示出了好感，她就气愤了，有时见到她很开心，还不时地在针线盒上写弗兰克林先生的名字；有时又看到她很悲伤，还对着镜子观看自己那畸形的肩膀。难道她跟弗兰克林先生很早之前就认识？这是完全不可能的。但是当弗兰克林先生见到她那样看着他的时候，确实特别惊讶呀。佩妮洛普说，罗珊娜打探关于弗兰克林的情形时表现出很在意的模样。忽然，我女儿说出一个最滑稽的推测结束了我们这场谈话，这个推测是我一辈子都没听说过的。

"爸爸，"佩妮洛普非常肃静地说，"我觉得这事只有一个说法，就是罗珊娜爱上了弗兰克林先生！"

你肯定听到过美丽的小姐们一见钟情的故事。但是，一个从感化院里出来的女仆，而且容貌一般，肩膀还有些畸形，居然一眼就爱上了到她女主人家来做客的绅士！这真是太出人意料了！我笑得流出了泪水。可佩妮洛普并不在意，"我从不了解你如此冷漠，爸爸。"她特别婉转地说着走了出去。

我没有想到女儿这句话就像当头给我浇了一盆冷水。我暗自气愤，我怎么听到她这句话竟会觉得心烦起来——但事情又确实如此。

一直到了夜里，晚饭前的整装铃①都响过了，弗兰克林先生才从弗里辛霍回来。我亲自把一杯热开水端到他的房里，原本以为会听到他讲一路耳闻，但是令我大失所望（我想你也会跟我有同感），竟然没有发生任何事情。在来去的路上都没遇见一个印度人。他已把月亮宝石存进银行，并且存单就放在他的口袋里。

当天，我非常想亲自服侍他们吃晚饭。不过管家这个身份使我不能去服侍他们吃饭，除非公馆里碰到什么特别喜庆的大事。那天晚上，我还是从我女儿和仆人们的嘴里打探到了一些消息。佩妮洛普说，她一直没有见到雷茜尔小姐如此细心地打扮自己；小姐到客厅里去见弗兰克林先生时那副活泼愉快的样子，她也是首次见到。到了半夜，依然听见他们在弹琴唱歌。到了再晚一些时候，我端了一杯苏打水和一杯白兰地，送给吸烟室里的弗兰克林先生，通过谈话发现雷茜尔小姐已经使得他早把钻石的事忘得一干二净。

我想方设法想把话题转到更重要的事情上来，但他跟我说的却只有一句话："自从回到英国之后，她是我遇见的最美丽的女孩了！"

将近半夜时分的时候，我像平常一样在男仆塞缪尔的陪伴下巡查了一遍公馆，把门都锁上。当等到只剩通向大平台的边门未锁时，我就让塞缪尔先去睡了。我想在睡觉前到外面呼吸呼吸新鲜空气。

正值夜深人静，月亮正圆。坐落的屋子，在大平台上投下了一片阴影，只有沿着平台另一面的那条石子路，在月光的照射下显得明亮。我往那边一看，有个人影在月光中从墙角后露出。

我年岁大了，人却特别灵敏，一声不吭。但可怜的是因年岁大了，身子特别沉笨，跑不快，在我还没走到墙角的时候，就听见一阵比我轻盈很多的脚步声，那个人影已匆忙逃走了。这些半夜里的不速之客只要一逃进灌木林，躲在树丛里，你就再也别想看见他们了。由于从那儿他们能够轻而易举地翻过篱笆，跑到大路上去。

----

① 旧时贵族大家庭用膳前要摇铃，通知宾主整装梳洗，准备进餐。

　　我没有叫醒任何人，贴身带了两支枪，先围着公馆走了一圈，随后穿越灌木林，然而什么人也没见着。经过刚才发现人影的小路时，明亮的石子路上在月光下有件发光的小东西，原来是个小瓶子，里面装着的是墨水般黑黑的、带有香味的东西。

　　我马上想起佩妮洛普曾对我提过变戏法的人和孩子掌心里的墨水的事情，觉得刚才给我吓走的应该就是那三个印度人，他们的用意就是打探钻石放在何处。

第八章

　　次日（二十六日）早上，我把那瓶有香味的墨水给弗兰克林先生看，而且对他说了我的疑惑。他不但觉得那几个印度人是在探寻宝石，并且还觉得他们是蠢货，竟相信他们自己的那套魔法。"听我说，"他说，"印度人就是相信它在这儿，才把他们的千里眼孩子带到这儿，用意就是要他指出如何才能找到它。"

　　"你觉得他们还会回来吗，先生？"我问道。

　　"那就要看那孩子是不是有这本事了，"弗兰克林先生说，"假如要是他能透过弗里辛霍银行的保险库见到钻石，那印度人肯定就不会再找我们的麻烦了；可是假如他看不见，那我们应当即将又会在灌木丛那儿遇见他们了。"

　　我总是等待这时机，但是说也惊奇，这时机总是等不来。

　　不知是变戏法的人在镇上听到弗兰克林先生去过银行，还是那孩子真能见到钻石放在哪儿，总而言之，在雷茜尔小姐生日前的那期间内，印度人再也没有来过公馆附近。那些变戏法的人一直住在镇上，我跟弗兰克林先生一直等待，看看最终发生什么事。

　　五月二十九日，雷茜尔小姐和弗兰克林先生突然想到一个打发时间的新办法。在这儿，我特别提出他们的这一新办法是有道理的。之后你就会清楚了。

那些上流社会的人多半都喜欢想出些新鲜事情来消耗时光。他们有的是那种所谓知识分子的口气，他们大多数都喜欢用折腾些什么、糟蹋些什么来打发时间。我常常见到他们（恕我直言，女士们也跟先生们一样）带了些空盒子去抓些蜘蛛、青蛙之类什么的回来，要么把这些倒霉虫用钉子钉起来，要么狠心地把它们切成一块一块的。有时你能够见到那些少爷和小姐坐在那儿，用显微镜观看一只蜘蛛的内脏。有时你也会忽然见到一只没有头的青蛙跳下楼来——假如你不知道这种残酷的行为是为什么，他们会说，这是对博物学的爱好。有时候，你还会见到他们在践踏一朵美丽的花朵，就由于他们那一份愚蠢的好奇心，想弄明这种花到底是什么做的。哎，这些不幸的人总得想出点新鲜事情来打发时间呀。小时候玩泥饼子，长大了就用切蜘蛛、践踏花儿来消耗时光，总之，这全是由于闲着无聊。

关于弗兰克林先生和雷茜尔小姐，我倒愿意告诉你、他们什么也没折磨，只是把东西弄得横七竖八，更准确地说，他们也只是践踏了一扇门上的门板。

我在前面已经谈到，弗兰克林先生每样都会一点，包含他说的那种"装饰画"。他跟我们说，他研制了一种调油漆的新配方。这种调油漆是用什么制成的我不了解，我能告诉你的只有两个字——特臭，哪怕是狗跑入房间，闻见了也要打喷嚏。雷茜尔小姐非常迫切地想用这种新配方亲自动手装饰房子。在弗兰克林先生的引导和协助下，她开始着手装饰自己的小卧室。他们先从房门的后面开始。雷茜尔小姐在门后面用那种漆画满了鸟兽虫鱼，诸如此类的东西，这些全是依照一位意大利著名画家的画摹仿的。即使干这活儿又脏又费事，但是他俩却仿佛从不厌倦。假如他们不骑马、唱歌，也不在吃饭，就会见到他们两个在一块，忙碌践踏那扇门。

还有个日子是六月四日，周日，很值得一提。

那天夜里，仆人们首次展开了一场关于家庭的辩论。

见到弗兰克林先生和雷茜尔小姐如此喜欢在一起，未到夏天，公馆里恐怕就要办喜事了。还有另一些人（以我为首），即使也认为雷茜尔小姐大概会结婚，但新郎未必是弗兰克林·布莱克先生。

谁也不会猜疑，弗兰克林先生已爱上雷茜尔小姐。问题在于要弄明雷茜尔小姐到底怎么想。先让我把她向你作个简介，随后你就自己去搞明白吧——假如你能够做到的话。

六月二十一日，就是雷茜尔小姐的十八岁生日了。要是你碰巧喜欢黑皮肤的女人，我敢断定，雷茜尔小姐肯定是你见到的最美丽的女孩。她不但身材娇小苗条，并且举止文雅大方。我一生都没见到像她那么黑的头发、那么黑的眼睛。她天生就有一副清亮的嗓音，嘴唇还没绽开笑容，眼中就已表露出一丝很迷人的笑意。

雷茜尔小姐即使有如此多迷人的地方，但是她也有个不完美的地方，这我也不想瞒着。她和许多同龄的女孩不同，她常有自己的意见。在小事情上还无关紧要，在大事情上，她这样做就显得很过分了（夫人和我都有这样的看法）。她从不询求别人的意见，也从不预先告知你她的想法。哪怕有了秘密，从不告诉任何人。我听夫人总是说："雷茜尔最好的朋友和最坏的敌人都是她自己。"

另外，我还得强调一下。

即使她什么事情都守密，又很任性，可她一点也不做作。她一直都是说到做到的，也从来没有阳奉阴违，我记得这善良的女孩小时候曾多次替友受过。我认可她很任性，但是倒真是一个好心人。

六月十二日，夫人给伦敦的一位先生发了一张邀请函，请他来参加雷茜尔小姐的生日宴会。我认为这人就是她心目中的庆幸儿！他叫高弗利·艾伯怀特，和弗兰克林先生相同，也是她表哥。

夫人二姐的婚姻是门不当、户不对。她嫁给了弗里辛霍的银行家艾伯怀特先生，高弗利先生就是艾伯怀特先生的第二个儿子。

即使弗兰克林聪明灵敏，但依我之见，跟高弗利先生相比，他胜利的机会还是很渺茫。

首先，高弗利先生的身高就比弗兰克林高许多。高弗利先生身高超过一米八十以上，脸色白里透红，潇洒极了，而且还有一张圆嫩光滑的脸，一头美丽的淡黄色长发。他的职业是律师。他很擅长奉承女人——他的理想是做慈善家。妇女慈善组织假如少了他，就什么事也办不成。他同时还担当着母亲协会、妓女教养机构以及诸如此类团体的副主席、总裁或者是仲裁人。不论何地，只要有妇女组织在开会，那儿一定就有高弗利先生在带领着一些人处理工作中遇见的问题。我觉得他是英国有史以来最有能力的慈善家。在慈善大会上，他的发言听起来特别动人，让你在掉眼泪的同时掏钱，像他如此的演说家，真是少之又少。他能够说是社会名人。除此之外，他还是个性格十分温顺的人，十分纯朴文静，非常惹人喜爱。他爱大家，大家也爱他。弗兰克林先生跟如此一个人竞争，假如是你，你认为还有什么指望吗？

　　十四日，高弗利先生的回信到了。他快乐地接受了夫人的邀请，而且决定从星期三雷茜尔小姐生日那天，一直住到星期五傍晚——由于他在妇女慈善机构里担当的工作，他必须在那时回城去。随信他还邮来了一首诗庆贺他表妹的生日。我之后听说，雷茜尔小姐和弗兰克林先生在吃饭时讥讽了这首诗。佩妮洛普非常兴奋地问我对这件事有什么看法。我对她说："我亲爱的女儿，这是雷茜尔小姐假装迷乱你们呢。虽然艾伯怀特先生的诗已经邮来，等他本人亲自来了再说吧。"

　　我女儿说，或许弗兰克林先生会在写诗的人到来以前，先向雷茜尔小姐表明呢。实话实说，弗兰克林先生一定是不会放弃任何赢得雷茜尔小姐开心的时机的。

　　他戒掉雪茄烟，只是由于有一天，雷茜尔小姐说她不愿意闻烟草味。戒烟以后，他夜里一直睡不好，每日早晨下楼的时候，脸色一直显得既苍白又憔悴，使得雷茜尔小姐都不忍心，要他别戒烟了。不！他坚持不做她厌烦的任何事；他肯定会坚持到底，总有一天会睡好的。你也许会说（就像有的仆人说的一样），他的一片诚恳之心对雷茜尔小姐，决不会毫无用处的——他们每日在一起装饰那扇门，就能够证实这一点。讲得都有道理——但是她卧室依然放着一张高弗利先生的相片，是他在公众集会上演讲的英姿，你该如何解释呢？

　　六月十六日发生了一件事，我认为，弗兰克林先生也就更加希望渺小了。

　　那天早晨，一个带外国口音的男人来公馆找弗兰克林先生，说是有重要的事要跟他商议。我认为这事不可能和钻石有关，理由有如下：第一，弗兰克林先生跟我绝口不提此事；第二，他告诉了夫人这事。夫人也许对女儿简略提了这事。听到当天夜里，雷茜尔小姐对弗兰克林先生说了些很严肃的话，数落了与他来往的一些人，还数落了他在国外养成的一些恶习。次日，他们首次没去糟踏那扇门。据我推测，多半是弗兰克林先生在欧洲大陆的时候有一些不本分的地方——假如不是由于女人，就是欠了别人的债——因此被人家盯着，追到英国来了。

十七日，烟消云散，他们再次开始装饰那扇门了，想必他们又合好了。

十九日，又发生了另外一件事。我们请了一位医生来公馆，给女仆罗珊娜·斯比尔曼看病的。这不幸的女孩——前面已经说过，她在颤动沙滩弄得我莫名其妙——反反复复的把我弄得很困惑。佩妮洛普认为，罗珊娜爱上了弗兰克林先生。我即使认为这看法很滑稽，但是我必须承认，罗珊娜最近的表现看来确实有点反常。

比如，这女孩常常绕着弗兰克林先生晃悠——即使是躲躲藏藏的，但她一直这样。不过他并没有多关注她，把她当成空气似的。这不幸的女孩日不食，夜不寐，早上一看那双眼睛就知道昨天夜里哭过。有一天，佩妮洛普还看见了一件怪异的事——她见到罗珊娜偷偷地把弗兰克林先生镜架上的一朵玫瑰花拿去了，这朵花是雷茜尔小姐送给他的，并且罗珊娜改换了自己摘来的一朵。还有一两次，她对我十分的无礼，更过分的是，她对雷茜尔小姐也很不敬重。

夫人也见到了这些反常现象，问我到底是怎么回事。我说这女孩八成是病了，因此请来了医生。医生说她神经有毛病了，说不好能否工作。夫人要把她送往我们的一个村庄里去，她哭着请求夫人让她留下来。我也劝夫人还是让她再试一段时间再说吧。之后你就会了解，我这个意见真是坏极了。假如我能未卜先知的话，我那时肯定会立刻亲自把罗珊娜·斯比尔曼一把拉到屋外。

二十号，高弗利先生派人送来一封信，说他和他的两个姐姐会在二十一日午后按时抵达。同时一并还送来一只非常别致的瓷首饰盒当作送给表妹雷茜尔的生日礼物。然而弗兰克林先生只是送给她一个普普通通的纪念品盒，大概价钱还不到那首饰盒的二分之一。即使如此，我女儿还是认为——女人为什么一直这么死心眼呢？弗兰克林先生大有希望。

第九章

六月二十一日，也就是雷茜尔小姐生日当天，早上的时候，乌云密布，将到中午的时候，天才开始晴朗起来。

像前年一样，我们聚集在仆人室里庆祝这个特别欢庆的日子，首先我们向雷茜尔小姐赠送微薄的礼物，并由我代表所有仆人发表一年一次的生日贺词。我运用了女王在议会开幕式上发表演说的办法——也就是每年都说相同的话。议会里的人和厨房里的人相同，都是非常容易管理的！

早饭过后，弗兰克林先生和我私自商量了一下有关月亮宝石的事，由于此时该把它从弗里辛霍银行取出来而且交给雷茜尔小姐了。

那天早晨弗兰克林先生的心情跟往常不同。他总是在考虑着关于这颗钻石的事，时时刻刻都在改变着意见。我认为应该按实际情形来办。虽然什么事情都没有发生，我们也就没有必要凭我们的猜测去惊扰夫人，更没有必要让弗兰克林先生推脱自己的职责，不把钻石交给他表妹。经过再三考虑，他也必须接受我的看法，于是我们作出决定，吃过午饭后，他就骑马去弗里辛霍把钻石取回来，也许还能和高弗利先生和两位小姐一同回家。

商议决定后，弗兰克林先生就又回到雷茜尔小姐那去了。他们用了多半天的时间接着装饰那扇门，佩妮洛普站在一边为他们调颜料。他们一直忙到下午三点钟才完工，让佩妮洛普走掉了，把自己身上和手上沾的颜料和油漆一切都收拾利索。他们要做的工作总算做完了——在生日这天成功地装饰好了这扇门——他们为这件事感到特别高兴。

弗兰克林先生匆忙吃了午饭，就急忙骑马前往弗里辛霍，他跟夫人说是去那里接他的表哥表姐，事实上，他是去银行取月亮宝石，这事只有我俩了解。

到了预定说好的时间，我听见从门外传来"嘚嘚"的马蹄声，我跑到门口，迎进来了一队人马，其中有弗兰克林先生，还有他的三位表哥表姐，还有陪他们一同来的艾伯怀特老先生的一个马夫。

让我感到惊奇的是，我看见高弗利先生也和弗兰克林先生相同，心情不爽。他像平时一样心平气和地和我握手，但是看上去愁容满面，这使我很迷惑。艾伯怀特家的两位小姐却表现得很开心。她们的个子极高，简直和她们的兄弟同样高，是两个黄头发、红脸蛋的女孩，她们从头到脚都充满魅力，特别的健康。那些不幸的马儿一驮上她们，四条腿就身不由已的会打颤哩。这两个小姐在说什么话前，总爱先"哟"地大喊一声，做什么事情，都喜欢吵吵闹闹，时时刻刻都听见她们嬉皮笑脸的。

在两位小姐的叫喊声中，我有时机和弗兰克林先生在过道上暗自谈论几句。

"你成功地把钻石取来了吗，先生？"

他点点头，拍了拍胸前的口袋。

"感谢老天，那你有没有遇见那几个印度人？"

"没有。"他回答道说。这时他听见夫人从小化妆室里传出声音，就单独走了进去。片刻后，铃响了，夫人叫佩妮洛普去请小姐过来，说弗兰克林先生有事情要对她说。

30 分钟后，小客厅里传出一阵阵尖叫声。我完全不感到惊奇，由于我一听就了解是艾伯怀特家的小姐在尖叫。但是我还是走了进去（假装进去请示开饭的事），想看看究竟发生了何事。

我见到雷茜尔小姐站在桌旁，手里拿着上校送给她的那颗不详的钻石。艾伯怀特家两位小姐开心得尖叫。高弗利先生站在一边接连轻声惊叹："太美丽了！太美丽了！"弗兰克林先生则坐在椅子上，焦虑地看着窗口。窗口那站着一个人，也就是弗兰克林正焦虑地盯着的那个人——夫人，她背对着大家站在那儿，手中拿着上校遗嘱的附件。

我请示过晚饭的事情后，夫人对我说："30 分钟后，你到我房里来一下，我有话要跟你说。"

话毕她就走出去了。显而易见，她肯定在想我跟弗兰克林先生在颤动沙滩议论过然而无法处理的棘手的问题。月亮宝石这件礼物到底是证实她对不起她哥哥，还是表明他比她想象中的还要无德呢？对这些严厉的问题，夫人一时无法看透。她的女儿，即使手里拿着上校的生日礼物，不过对他的为人却完全都不知道。

我刚要走出房间，雷茜尔小姐喊住了我："你看哪，加百列！"她说着让我看那颗宝石。

我的上帝啊！我惊叫道，这真是颗稀世珍宝！大小足足有鸽鸟蛋那么大。从它身上照射出来的光芒仿佛中秋的月光。你往宝石里观察，能够见到无限深邃的黄澄澄一片，完全吸引住你的目光，看不见任何其它的东西，看上去仿佛天空一样无法捉摸。我们先把它放在太阳底下，随后再去挡住房间里的光线，让人惊讶的是，在黑暗中，它从体内深处，让人毫无置疑地发射出一种相似于月亮的光芒。怪不得这颗宝石把雷茜尔小姐给迷惑了，也怪不得两位小姐尖叫了起来。我们中间只有一个人一直都很镇定，那就是高弗利先生，他盯着我，说道："是碳元素，贝特里奇，只不过是碳元素而已。"

当我走出房间时，听到高弗利先生说："还是老贝特里奇可敬，我真是太爱他了！"因此他真是个让人轻易爱的年轻人。和弗兰克林先生比较，弗兰克林简直是个十足的粗人了。

半个小时后，我就到夫人房里去了。我们谈话的内容，简直就是重复我跟弗兰克林先生在颤动沙滩上讲过的那些，与众不同的是，我没有告诉她公馆里来过变戏法的人，避免引起她不必要的恐慌。在我离去以前，就彻底知道了夫人的意思。她认为上校心怀叵测，因此她决定一有时机，她就要把月亮宝石拿走，不让它归女儿所有。

在出来的路上，我遇到了弗兰克林先生，他问我是否见到雷茜尔小姐。我说没有见到。他又问我了解不了解，他表哥高弗利在什么地方。我也摇头说不了解，不过我在心里自言自语道，高弗利先生也许就在雷茜尔小姐身旁吧。显而易见，弗兰克林先生也是如此想的。他走进书房后"砰"的一声关上了门，这一声的含意是很丰富的。

我正在更换服装，预备参加今夜的生日晚宴，刚穿上那件白背心，佩妮洛普就走入我的房里，像模像样地替我梳平那仅存的几根头发。看她开开心心的，我认为，她明显有话要告诉我。她亲了一下我那光秃秃的头顶，轻声的说："爸爸，有个信息要告诉你！雷茜尔小姐拒绝他了。"

"拒绝谁？"

"就是那个特意参加妇女委员会的人，爸爸。"佩妮洛普说，"真是一个卑鄙无耻的家伙！他居然想代替弗兰克林先生，我厌烦死了他！"

她居然用这种口气来讲这样一位才华出众的慈善家，我本想对她说几句，但那时，佩妮洛普正用力帮我整领带，几乎把我勒死。

"我见到他领着小姐进了玫瑰花园，"佩妮洛普说，"我就暗自地躲在矮树丛的后面，想看他们回来时究竟是什么样。让我开心的是他们进去的时候，手拉着手，有说有笑；但是回来时就一前一后，谁也不理谁了。我一直都没有这么开心过！世界上终究还有个女人拒绝高弗利这一套！我假如是位小姐，也会回绝他的！"

听她讲到这里，我又忍不住想对她的话表示不同意见。但是这时我女儿又手里拿着梳子，用力地梳着我的几根头发，痛得我一言不发。假如你也是个秃顶，你会明白那滋味不好受了。

"走到矮树丛边，高弗利先生停住了脚步，"佩妮洛普说道，"他说：'我还是当作没发生过任何事似的呆在这儿，你答应吗？'雷茜尔小姐一听这话，突然回过头盯着他，'虽然你接受我母亲的邀请'，她说，'你就应当在这儿接见她请来的客人。除非你有意要丢我们家的脸，要不然你肯定会留在这儿的。'话毕她往前走了几步，后来又轻声说了一句：'把这些事情忘掉吧，高弗利，让我们依然做表兄妹吧。'她把手伸给他，让他亲了一下，随后她就丢下他自己走了。他低着头，独自一人又站了一会。我这辈子首次见到如此痛苦不堪的人。'真是糟糕！'他轻声说，'糟糕透了！'假如这是他心里的想法，那真是对极了。我敢断定，确实是糟糕透了。这件事，爸爸，就是我总是想跟你说的，"佩妮洛普大声说道，顺手用梳子梳了最后一下，也是最痛的一下子，弗兰克林才是她爱的人哩！"

我还没来得及说什么，门外忽然传来车轮声，我也就无话可说。第一位客人已经抵达了，佩妮洛普马上跑了出去。我赶快穿上外衣，照了一下镜子。除了我的脸红得像龙虾，其他方面，对参加那天的宴会，我的装扮还是很得体的。我赶快走入大厅，刚好赶上通报第一批到达的客人、慈善家高弗利的父母亲——艾伯怀特夫妇光临。

第十章

艾伯怀特夫妇到达之后，其他的客人也都陆陆续续地到来。连主人在内，总共是二十四人。

我就不详细说出客人的名字了。由于之后你不会再听到他们，当然只有两位是特殊，他们彼此坐在雷茜尔小姐的身旁。雷茜尔小姐作为今天的主角，当然是宴会上大家的焦点。没想到她把这件让人惊讶的钻石戴到了胸前，弄得夫人心里很烦恼。每个人的眼睛都看着它，都赞叹它的巨大和美丽。只有坐在雷茜尔小姐左右两边的客人，说了些不同的意见。

弗里辛霍的一位医生坎迪先生坐在她的左边。他讲到钻石时，对雷茜尔小姐说了个笑话。他说雷茜尔小姐应当为了科学，让他把钻石带回去烧毁了："我们能够先把它加热到一定温度后，再把它放在气流中，如此你的钻石就会一点一点地慢慢蒸发掉，如此一来，你就不用总是担心如何来存放这颗身价颇高的宝石了！"夫人一听，愁容满面，我猜想她非常希望雷茜尔为了科学而发自内心地献出这颗宝石。

小姐右边的客人是著名的印度旅行家默士威特先生。他是一个瘦高个子，棕色皮肤，性格内向的人。在晚宴上，除了说了几句关于钻石的话以外，他说话还没超过六个字，说不定连酒也没喝过一杯。他唯独感兴趣的东西是月亮宝石。他一声不吭地朝它盯了许久，使得雷茜尔小姐都感觉不好意思了，他这时才对她说道："范林达小姐，如果你去印度，万万不要把你舅舅送你的这颗宝石带去。由于一颗印度教的钻石，就是印度教的一个组成部分。依我所知，那儿有如此一个城市，如果你像目前这样的穿戴到那儿去，你的性命就可能保不住了。"总是安安全全地住在英国的雷茜尔小姐，听见她大概在印度会遇到不测，身不由已的感到开心！夫人坐在一旁心里感到忐忑不安，赶紧岔开了话题。

在整个晚宴过程中，我感觉到今年的喜庆日，不像以往那么喜气冲天。

坎迪医生一直讲些让人不高兴的话。别的客人也和他相同，该说话的时候他们偏不说，虽然说话了，也尽一直说些不该说的话。高弗利先生在公众场合一向口若悬河，但是今天却一反常态，非常的寡言少语，不了解他是由于花园里的被回绝而气愤交加，还是搞得忐忑不安了。他总是只对身旁的一位女士说话，那个女人就是他那个妇女委员会里的一名委员。等我有空想听听他们到底在谈些什么时，他们已经不再说慈善事业，而是在谈正儿八经的大事了。高弗利先生正在说，宗教就是爱，而爱就是宗教。说得多美妙啊！但是，让我不清楚的是为何高弗利先生一直跟那位女士谈论这些话呢？

我们回头瞧瞧弗兰克林先生——你肯定会觉得弗兰克林先生总是在那儿开开心心地招呼客人，好让大家快乐地度过这个晚上吧？

但是事实并非如此！他雅兴颇高。我猜测佩妮洛普已经把高弗利先生在玫瑰花园里遭到拒绝的事情告诉他了。但是他说话语无论次，要不就是找错说话的对象，结果弄得许多人很不开心，使得在座的人听了都非常惊讶。最后他差点惹得那位脾气很温顺、个子比较瘦小的坎迪先生雷霆大怒。

争吵的原由是因为弗兰克林先生讲起——我也记不清怎么说起的——这些日子他晚上总是失眠。坎迪先生听了，说他这是精神不振引起的，得赶快诊治。弗兰克林先生就用对医学这行的反击来回答他。他说常常听人说起盲人骑瞎马这个故事，这时才明白这句话的含义。坎迪先生也辩驳了他，两人就此开始争吵，并且争吵得越来越激烈，一直到夫人出来打圆场才停止。在这以后，大家的心情就更加糟糕了。想起那天的宴会上，真的仿佛有鬼（更准确地说是钻石）在作怪，直到女主人起来请在座的太太小姐们离席，让男士们留下喝酒，大家才觉得松了口气。

就在我刚把一杯酒放到艾伯怀特先生面前的时候，大平台那儿突然传来一阵声响，我听了不由得一惊。弗兰克林先生跟我互相看了一眼。我敢断定，这是印度人的鼓声呀。我想跟着月亮宝石回到公馆里，那班变戏法的好像也跟着到这里了！

我马上跑到外面，想让他们离去。但是没想到的是，艾伯怀特家的两位小姐跑得比我还要快。她们飞快地跑到大平台上，亲切地想要看印度人是怎么卖艺的。还有几位太太小姐也跟随着都出来了，先生们也轮流走出来站在她们的身边。还没来得及说一句"上帝保佑"，那些卖艺的已经在行额手礼，而艾伯怀特家的两位小姐也在热吻那美丽的小男孩了。

弗兰克林先生看情况赶快站在雷茜尔小姐的一旁，我同时站在她的身后。她站在那儿毫无防范之心，看着那几个印度人，胸前的那颗钻石毫无顾虑地露着！

我想不起来他们变了些什么戏法，我已经吓得魂飞魄散了。我印象最深刻的一件事情是，那个印度旅行家默士威特先生，突然出现在卖艺的地方。他默不作声地走到变戏法的人后边，用印度语跟他们交流起来。

他们一听到他讲的第一句话，就十分惊讶，快速地朝他转过身来，就仿佛他拿匕首扎了他们一刀一样。之后他们就对他礼貌地鞠了个躬。我还见到默士威特先生跟那个带头的印度人说了几句话，听了之后那人咖啡色的脸立刻就变成苍白了，然后那家伙就对夫人行了个礼，说卖艺结束了。太太小姐们听了都很绝望。那个美丽的小孩拿着帽子向大家讨了赏，印度人便离去了。我和两个仆人跟着他们，一直跟着他们走上大路。

回家的途中，我们路过灌木林时，我闻到了一股香烟味儿，看到弗兰克林先生和默士威特先生正在林子里来回散步。弗兰克林先生朝我招了一下手，叫我和他们一起走走。

"这位先生是，"他亲切地把我介绍给那位出名的旅行家，"加百列·贝特里奇。他是我们家的老仆人，也是老朋友。请你再说一遍刚才跟我说的话。"

"贝特里奇先生，"默士威特先生说，"那三个印度人和我差不多，其实并不是什么卖艺的。"

这真是一桩新奇异事！我忍不住问这位旅行家，从前他是否认识这三个印度人。

"一直没有见过，"默士威特先生说，"但是我了解真正的印度卖艺方法应当怎么样，这几个人装得没那么回事。凭我多年的经历，假如不是我弄错了，这几个人应当是印度最高种姓婆罗门的人。我对他们说，他们是冒牌的，你也见到我这句话的重要性了。只是这里面有个很怪异的地方，我无法说明。他们为什么会埋没掉自己的族姓，既漂洋过海，又装扮成卖艺的。在印度，这样做是一种极大的牺牲，肯定有一个特别重要的原因迫使他们这样做。"我听得都惊呆了，默士威特先生接着抽着雪茄烟。

片刻后，弗兰克林先生在犹虑之后，最终作出决定，把他在颤动沙滩告诉过我的话，一五一十地讲给默士威特先生听。这位不易激动的默士威特先生，竟然听得头头是道，他的雪茄烟都吸完了还不知道。

"呃，先生，"弗兰克林先生说完之后问道，"依据你的经历，你对这件事有什么看法？"

"当时你的生命遇到极大的危险，我还一直未遇到过如此的危险哩。凭这句话就能够说明所有问题了。"他说。

这回轮到弗兰克林先生惊讶不已了。

"事情真的会如此厉害？"他问道。

"我是如此认为的，"默士威特先生回答说，"目前我对你刚才说的话更加毫无疑问了，他们牺牲种姓的最终目的，就是要把月亮宝石送回到印度神的前额上。这些人偶尔会像猫一样地静心等候时机，他们同时也会像老虎一样凶猛地运用时机。我确实是无法想象你是如何闪开他们的。你带着钻石在这儿和伦敦转来转去，而且还能保住性命！让我们来回忆一下，你从伦敦银行取出宝石时，我认为应该是在白天，街上有许多人吧？"

"是的。"弗兰克林先生说。

"你肯定事先打算好，在规定的时间抵达范林达夫人公馆的吧？那你有没有准时抵达？"

"没有。我提早了四个小时。"

"我祝贺你了。你是何把钻石送到银行去的？"

"我到公馆后休息了60分钟，随后就送去了——也就是比原计划抵达这里时间提早了三个钟头。"

"我再次恭喜你。你是单独把宝石取回来的吗？"

"不。我恰巧遇见我的表哥表姐，还有一个马夫，我们一同回来的。"

"我第三次恭喜你了！要是你之后去人烟稀少的地区旅行，我肯定跟你一同去。你能带来好运。"

听到这儿，我插话了，"先生，你的意思是说，他们假如有时机，为了夺取钻石，会要弗兰克林先生的性命吗？"我问道。

"你有抽烟斗的习性吗，贝特里奇先生？"旅行家问。

"是的，先生。"

"你清烟斗的时候，是否介意里面的烟灰？"

"不介意，先生。"

"在那些人的世界里，杀人完全是一件小事，就像你清烟斗里的灰一样毫不在乎。反之，牺牲自己的族姓，在印度是件特别重大的大事，牺牲生命则完全不算什么。"

听了这番话，我说他们真是一帮杀人越货不眨眼的土匪。默士威特先生却不这么认为，他认为他们是一个十分伟大的民族。弗兰克林先生一言未发，把我们拉回到刚刚议论的话题。

"他们应该已经见到范林达小姐戴着的月亮宝石了，"他说，"这该如何呢？"

"就遵照你舅父恐吓他们的方法办吧，"默士威特先生说，"明日就把钻石带到阿姆斯特丹去切成六块，这样月亮宝石也就不是月亮宝石了——这个计谋也就消失了。"

弗兰克林先生回过头来对我说："明日我们必须告诉范林达夫人这事。"

"今夜就告诉她不可以吗，先生？"我问道，"假如那几个印度人又来怎么办呢？"

"印度人今夜应该不会再来冒险了，"默士威特先生说，"但是，为防万一，还是把犬放出来看家吧。你们院子里有没有养犬？"

"有两条，先生。一条猛犬，还有一条警犬。"

"那就可以了。"默士威特先生丢掉手里的雪茄烟，挽起弗兰克林先生的胳膊，向太太小姐们走去。我跟随他们向公馆方向走去时，看到一下子乌云密布。默士威特先生也发现了，扭过头来对我说：

"印度人今夜假如要来，得带伞了，贝特里奇先生。"

他说笑话当然毫无关系，不过我可不是个著名旅行家，一直也没在遥远土地上和那些土匪拼搏过。我回到了自己的小屋，坐在椅子上犯愁，不知如何是好。我烦恼中只好又点上烟斗，安静地看起《鲁滨孙漂流记》来。

"胆怯危机的心理，要比危机本身可畏一千倍；我们看到，忧愁产生的精神负担，要比我们担心的不幸大得多。"

看到这段话后，假如还不相信《鲁滨孙漂流记》，那他真是太不了解生活了。

我正吸着烟卷，沉浸在对这本奇书的惊叹之中的时候，佩妮洛普进来向我描述客厅里的情形。大体上说，情形比宴会时好多了，起码比晚宴时预计的要好得多。只要我们再坚持一会儿，把他们打发走，让我们得到完全的解放。

佩妮洛普离开的时候，我决定在天下雨前，先到院子里转转。我没有带其它人，人的鼻子在这种情形下往往毫无用处，我只是带上了那条警犬。这条狗的鼻子闻起生人来是很灵敏的。我们围绕院子转了一圈，没有看到一个人影。

马车到的时候天刚巧就开始下雨了。大雨如柱，仿佛要下许久一样。大家全坐进有帐篷的马车里，舒舒适适、开开心心地回家去了，只有医生一个人例外，由于他乘的是一辆没篷的轻便双轮马车。

接下来要说的是这天晚上发生的事情。

第十一章

送走了最后一个客人，我回到了客厅。夫人和雷茜尔小姐恰从客厅走出来，两位少爷紧随其后。高弗利先生喝了点兑苏打水的白兰地，弗兰克林先生没喝任何东西，他坐了下来，看上去确实是累极了。

夫人扭过身去跟他们说了晚安，同时向那无德上校送的生日礼物狠狠撇了一眼，那礼物正在她女儿的衣服上发出耀眼的光芒。

"雷茜尔，"她问道，"今夜你打算把你的钻石放在哪儿？"

雷茜尔小姐正在激动着，这时正是很想说话的时候，姑娘们兴奋地度过一天之后，一般都是此模样。最初，她说她没想好该把钻石放在何处，随后又说："还是和其它东西一同放在梳妆台上吧。"继续她又觉得钻石在暗处会发出让人胆怯的月亮光——那会吓着她的，末了，她作出决定，把这颗印度钻石放在她卧室的那口印度古玩橱里。听到这话，她母亲又插了嘴问道：

"亲爱的女儿，你那印度古玩橱上仿佛没有锁呀。"

"太怪异了，妈妈！"雷茜尔小姐喊了起来，"难道我们这里不是家？难道公馆里有贼？"

夫人一言未发，只是对两位少爷说了晚安，随后扭过身来亲了亲雷茜尔小姐。看来今夜对她已经无法讲了，夫人就说："雷茜尔，明日清早先到我房里来一下，我有话要跟你说。"话毕，她就愁容满面地走了。

后来，雷茜尔小姐也和他们每个人说晚安。先和高弗利先生，随后和弗兰克林先生。弗兰克林先生那时正疲劳过度地坐在墙角里，一言未发。当时，我正好站在穿衣镜旁，从镜子里，我偶尔看到雷茜尔小姐暗暗地从胸前取出弗兰克林送她的小金鸡心让他瞧了瞧，而且还对他情深意重地微微一笑。此情此景，我或多或少有些改变了之前的那种认可，我心里想，从头至尾，或许真的还是佩妮洛普猜对了她小姐的内心哩，她爱的是弗兰克林先生。

一直目送走雷茜尔小姐后，弗兰克林先生才见到了我。他冲我摇了摇头，拿起蜡烛就预备上楼去了。我见他的脸色那么煞白，就好心好意地劝他喝点兑苏打水的白兰地。高弗利先生也走了过来，十分客气地劝弗兰克林先生最好喝点东西再睡觉。

看到我们的两位少爷依然像从前那么友好，我感到非常开心。弗兰克林先生坚决不喝任何东西，跟高弗利先生一同上楼去了。他们俩就住在隔壁。但是刚走到楼梯口，他又改变了想法。"或许我晚上会想要喝一点，"他朝楼下喊道，"十五分钟后送点兑水的白兰地到我房里来吧。"

后来我就走到屋外把狗放了出来。两条狗都开心得不知道如何是好了，竟像一对小狗似的直往我身上扑！雨仍然还是下得很大，地都湿透了。或许是由于今天我有点担心过度了，晚上我失眠了，公馆里静悄悄的，毫无声响。直到天将要亮时，我才入睡。

七点钟的时候，我才醒了，开窗一看，天已经晴朗，太阳出来了。八点钟的时候，我正想出去把狗拴住，听到我身后的楼梯上传来窸窸窣窣的裙子声。

我扭头看到佩妮洛普疯狂似的向我跑来，"爸爸，"她惊声叫道，"您快上楼去瞧瞧吧！钻石丢失了！"

"你说什么？"我问道。

"钻石丢失了！"佩妮洛普大声说道，"没有了！无人知道是如何丢的！请求您快上去瞧瞧吧！"

她把我一直拖到小姐卧室的起居间里。只见雷茜尔小姐立在卧室门口，脸色苍白，仿佛身上那件白睡衣一样白。只见那只印度古玩橱的两扇橱门都打开着，一只抽屉被提了出来。

"您看，"佩妮洛普说，"昨夜我亲眼目睹小姐把钻石放进那只被拉开的抽屉的。"

"小姐，是这样吗？"我问。

这时，雷茜尔小姐脸色已经改变，声音也不同了，她答道："钻石丢失了！"

话毕，她就回到自己的卧室，把门反锁了。

我们想好接下来该如何做以前，夫人就跑来了。钻石丢失的消息让她感到很惊讶。她径直接朝雷茜尔小姐的卧室走去，雷茜尔小姐开门让她进去了。

这个惊人心魄的消息，像长了脚似的马上在公馆里传开了，自然也惊扰了那两位少爷。

高弗利先生首先从门里跑出来，听到此事后，他吃惊得举起了手，由此看来他的精神是比较脆弱。弗兰克林先生起初也像他表哥一样，很是愁苦。说来也怪，这一晚他竟然睡得特香，他自己都说，这一晚明显把他都给睡迷糊了。但是，在喝完一杯咖啡后，他脑子也就清醒了，他果断地把这件事揽到了自己手里。

首先，他派人把仆人聚集起来，嘱咐大家不要碰楼下的门窗，让它们一切保留昨夜锁上后的模样。随后他又问了佩妮洛普，而且提议我们再打问一下雷茜尔小姐。我们要佩妮洛普敲开小姐卧室的房门。

夫人听到敲门声走了出来，可是随手又关上了房门。我们听到雷茜尔小姐在里面把门又反锁了。夫人显得有点作难。"钻石没了，给雷茜尔影响极大。"她对弗兰克林先生说，"她态度很怪异，不想说话，就连对我也相同。假如此时你要见她，可能是不行。"

片刻后，夫人才恢复了她以往的平静，心平气和地说："我看这事没别处理的方法了，还是派人去报警吧。"

"我想警方首先要做的事，"弗兰克林先生说，"就是要把昨夜在这儿卖艺的三个印度人抓起来。"

夫人和高弗利先生由于不清楚我们知道的事，因此两人听了都惊呆了。

"我此时已经来不及说明了，"弗兰克林先生继续说，"快给我写一封给弗里辛霍地方长官的举荐信吧，我马上骑马去那儿，片刻都不能耽搁了。"

他拿来笔、墨水和信纸，逐一放到他姨妈面前。但是看上去，她夫人不太情愿写这封信。我想，她心里肯定巴不得让那些贼偷了月亮宝石随后安危逃脱，那样她以后就能够不必提心吊胆了。

我和弗兰克林先生一同去马厩，我问他，那些印度人是怎么进得公馆来的。

"或许就在客人各自离开的时候，他们中有一个趁着忙乱溜进了大厅。在姨妈和雷茜尔商议把钻石放在何处时，那家伙当时大概就已躲在沙发底下。"话毕，弗兰克林先生就骑马急奔而去了。

听起来这像是很恰的解释，但是贼又是如何逃离公馆的呢？我调查过大门还是锁着的，其他的门和窗，也都相同关得严严密密，另外还有狗呢，我越想越觉得弗兰克林先生的解释没有根据。

我们吃了早餐——不论是什么人家，不论出了什么事，哪怕是遭到掠抢也罢，遇到杀害也罢，早餐总还是要吃的。早餐后，夫人派人来把我叫去问话，我必须把我隐瞒她的关于英国人和他们的预谋的事完完全全都告诉了她。她听了之后，片刻就恢复了正常。看来她更担忧她的女儿，而不是担忧印度人："你看雷茜尔那模样多怜悯，宝石丢失了，仿佛她的头脑也不清醒了。奇怪，那让人厌烦的钻石对她竟有这么大的作用。"

这事实在很怪异，往常雷茜尔小姐对首饰是无关紧要的，可此时为了那颗钻石她却把自己反锁在房中，想要安抚她几句都不行。另外说的是，这件盗窃案影响的不仅是她一个人，比方说高弗利先生吧，此时他就忐忑不安地在屋子里和花园里来回走来走去，心神特别不定哩！他不清楚到底是应当走好还是留下好。末了他还是决心留下来看事情的终究。女仆们——除了罗珊娜·斯比尔曼之外——都聚在一块偷偷地在议论这件事。我自己也感到忐忑不安。这糟糕的钻石，把我们大家都弄得不能安宁了。

将近十一点钟的时候，弗兰克林先生回来了，不过一副泄了气的模样。他是急奔而去，慢步而归；去时如铁汉，回来时截然不同了，仿佛病人。

他告诉夫人说，警察马上就到，但是破案希望渺小，那三个印度人即使已经关进监牢，但他们什么都不知道。

"我原以为他们其中有人大概当时溜进了公馆，谁知出我所料，完全不对。"弗兰克林先生说，他对自己的错误想法倒也敢于承认，"事实证实我的想法是不对的。"

说了这几句让我们惊讶的话以后，弗兰克林位少爷坐了下来，开始讲解他离开时会发生的事情。

他到弗里辛霍后，就向地方长官报告了案情，地方长官就令警方进行调查。调查结果说明那几个印度人包括那孩子，是在十点到十一点之间回到镇上的。随后一直到深夜，还有人在他们住的旅馆里看见他们。而刚到深夜，我就亲自把公馆里的门窗全都锁好了。再也不会有比这更有益于印度人的证明了。地方长官说他们就连嫌疑犯也算不上，但是，他还是允诺先把他们关押七天。人类的所有规章，自然也包括司法制度，都是可以伸缩的，只需运用得当不是很过分就行了。这位让人尊敬的地方长官是我们夫人的老朋友，那几个倒霉的印度人当然必须蹲七天大牢啦。

这就是弗兰克林先生离去之后的经历。我们原认为宝石丢失案必定和印度人关系密切，此时看来，这一线索显然已经断了。假如说卖艺的印度人是无罪的，那么到底是谁从雷茜尔小姐的抽屉里偷走月亮宝石的呢？

一会儿，警察局长西格雷夫先生来了，我们轻松了许多。对处在我们此时状况的一户人家来说，弗里辛霍的警察局长是我们非常期盼看见的最让人感到心安的官员了。西格雷夫先生身材高大健壮，一副军人气魄，嗓音严厉响亮，脸上很精神，大有一种"我是你们缺一不可的人"的气势。

他先在院子的里里外外仔仔细细察看了一遍，侦查的结果表明无贼从外面进来过，因此他认定这桩盗窃案系家里人所为。警察局长决定先从小姐的起居室调查，再调查仆人。他派了一个士兵守住仆人住房的楼梯的通道，命令任何人不能通行。

这命令下达后，女们们全都很愤怒，她们从各个墙角里走出来，拥到楼上小姐的起居室（这回罗珊娜·斯比尔曼也在她们中间）。她们请求局长先生立刻指出，她们之中到底谁是有机会偷了钻石。

但是，局长先生马上用他那军人的嗓音吓唬了她们。

"走，走！你们这些女人！全都给我下楼去，你们不可以站在这儿。你们看！"局长先生忽然看着雷茜尔小姐房门门锁孔下面装饰画上的一点漆斑说，"看，都让你们某个人的裙子给擦掉了。全都出去！"罗珊娜·斯比尔曼立得距他最近，同时离那块门上的漆斑也最近，她听了马上扭身就下楼去了，其他人也紧跟她下楼去了。局长细心地查看了这个房间，没有找到任何可疑的地方，就问我是谁最早发现宝石丢失的。最早发现失窃案的是我女儿。于是叫来了佩妮洛普，问这问那，仍没有问出什么有价值的情况来。我女儿昨夜睡觉前，亲眼目睹雷茜尔小姐把钻石放入古玩橱抽屉，今日清早八点钟，她去给雷茜尔小姐送茶，进屋的时候发现，抽屉敞开着，里面的东西也消失了，于是全公馆的人都惊扰了。佩妮洛普的证明到这里也就没有了。

后来，局长大人请求见见雷茜尔小姐本人。佩妮洛普隔着门把他的请求向小姐作了回报。小姐在里面作出了回答："我无话可说——我不见任何人！"局长听了这话又吃惊又愤怒。随后，我们就一同走下了楼，对面恰巧遇到了弗兰克林先生和高弗利先生。这两位先生也被询问了几个问题。询问完毕，弗兰克林先生低声地对我说："这家伙什么忙也帮不上，西格雷夫局长是个蠢货。"不过之后，高弗利先生也低声对我说："一看就明白他是个特别灵敏能干的人，贝特里奇，我特别信任他！"就像古语说的，仁者见仁，智者见智，彼此看法不一样。

局长先生又回到小姐的起居室，去验看有没有什么家具被搬动过了。正当我们在桌椅间细心检验时，小姐卧室的房门忽然被打开了，雷茜尔小姐冷不丁从里面走了出来。从一把椅子上拿起自己的帽子，一直走到佩妮洛普身前。

"今天清早弗兰克林·布莱克先生让你来告诉我说有话要跟我说，是吗？"

"是的，小姐。"

"那他此时在哪儿？"

我代我女儿回答说："弗兰克林先生此时在大平台上，小姐。"

她一言未发，也没有招呼那位想跟她说点什么的局长先生；她脸色煞白，一个人走出房屋，下楼到大平台那儿去找她的表哥弗兰克林先生去了。

虽然这么做是无礼的，但是当雷茜尔小姐在屋外看见那两位先生时，我还是好奇从窗口往外瞧了瞧。她装作没看到高弗利先生，一直走向弗兰克林先生身边，高弗利先生见况立刻就离开了，有意让他们两人独自呆在一块。她随意对弗兰克林先生说了几句怒话，弄得他有无言以对的吃惊。见到夫人也走到大平台上，她就又急忙地回到屋子里来了。后来，夫人跟弗兰克林先生议论了起来，高弗利先生也参加了他们的谈话中。看他们两人那吃惊的表情，明显，弗兰克林先生把刚刚发生的事跟他们说了。我正看着，起居室的门突然被打开了，雷茜尔小姐十分气愤地匆忙走向卧室，双眼放光，满脸通红。局长先生无礼的还想跟她说话，她大叫道：

"我没派人让你进来！我不需要你的帮忙。我的钻石已经丢了。不论是你，还是其它人，都无法再把它找回来了！"话毕，她走入卧室，当着我们的面，反锁了门。随后，我们便听到她哇的一声痛心哭了起来。

有时怒火冲天，有时又痛哭流涕，这到底是怎么了？我也被她这种怪异的举动弄得更加迷糊了。我只能猜想大概是由于我们叫来了警察，使她觉得气愤。先前她在大平台上对弗兰克林先生说的，就是此话吧。但是她为何要反对警察来介入这件事呢？她为何知道月亮宝石再也找不到了呢？

夫人找时机跟雷茜尔小姐作了独自交谈之后，也觉得她自己完全弄不明白小姐是怎么想的。即使母亲说了许多，她也只说了一句话："您一说钻石，我就想发火！"

这么一来，有关雷茜尔小姐的事，我们就也打听不出什么了，月亮宝石的事也就毫无结果。

我们这位精明能干的警官，尽管查看了整个卧室，也没找到有什么可疑的地方，他问我，仆人们是否清楚昨夜放钻石的地方。

"我清楚它放的地方，先生，"我说，"另外男仆塞缪尔和我女儿也清楚，她和塞缪尔或许和其它的仆人也提起过这件事。因此公馆里全部的仆人，大概个个都清楚昨夜宝石放在何处。"

后来，局长先生就向我询问起了仆人们的品德情况。

我突然就想到了罗珊娜·斯比尔曼。但是我心不甘，情不愿把嫌疑扯到这可怜的女孩身上，我认识她已经许久了，她的诚实本分应当是不用质疑的。因此我说："我们府里每一个仆人的品德都是良好的，无人会辜负我们夫人的信任。"如此一来，西格雷夫先生只能亲自询问每个仆人了。

仿佛人们所预料的那样，这位警官之后粗鲁的做法，把事情全给弄僵了。西格雷夫先生和夫人谈论了一回。他告诉夫人说，钻石肯定是府内的人偷的，他请求夫人答应他马上查看仆人们的每个屋子和箱子。我们这位善良的女主人没有答应，不允许他把我们当小偷一般看。作为仆人的领头，我觉得我们不应该辜负夫人的宽容大度和信任，因此我就说："我们特别感谢您，夫人，但是我们请求您准许查看，这案子该怎么办，就让他们怎么办吧。"我对局长先生说："假如加百列·贝特里奇做出榜样，我担保，其他仆人无话可说，肯定会照着做的。这个就是我的钥匙，就从我开始吧！"夫人握着我的手，满含热泪向我说谢谢。

查看过后，不必说，完全没有钻石的影子。西格雷夫来到我的屋子里，思索接下来该怎么办。

此时，我被叫到弗兰克林先生书房里去了。让我感到很惊讶的是，就在我伸手去开门时，门忽然从里面打开了，罗珊娜·斯比尔曼从书房走出了。

照说清早已经把书房打扫干净，这儿应当已经没有女仆要做的事了。

"这时你到书房里有什么事情吗？"我问道。

"弗兰克林先生不留心把一枚戒指丢在楼上了，"罗珊娜说，"我是来归还他的。"姑娘脸色通红，一副活泼可爱的模样走了出去，这使我感到非常困惑不解。

我看见弗兰克林先生正坐在书桌前写东西。他说他要马上赶往火车站。他刚一说话，我就听出，他那果断的性格又占了上风。绵人已经消失了，坐在我身前的又变成一个铁铮汉子了。

"去伦敦有什么事，先生？"我问。

"去给伦敦发个电报。我们得找个比西格雷夫局长精明的人来帮我们调查这件事。我已征求姨妈的同意，发个电报给我父亲。他之前认识警察总局局长，他应当会选个恰当的人来调查这桩钻石悬案的。说到悬案，顺意得提一下，"弗兰克林先生说，"我认为，假如不是罗珊娜的脑子出了问题，就是月亮宝石的事她了解得太多了。"

听他这么一说，我讲不出自己是感到更加恐慌了，还是更加担忧了。

"她拿了我不小心丢在卧室里的一枚戒指找我，"弗兰克林先生接着说，"我向她感谢。但她并未离去，而是用一种特别怪异的神情盯着我，并且对我说：'钻石丢了，真是一件让人惊奇的事，先生。他们再也不会找到那颗钻石了，先生，是吗？不！就是拿钻石的人也再也找不到了——我敢担保。'讲到这儿，她还朝我微笑了！此时，我们听见你的脚步声，于是她就立刻出房去了。这到底是怎么了？"

恐怕是到了此时，我也不可以把这女孩的身世告诉他。再者，假如她是个小偷的话，那她为何还要把自己的秘密泄露给弗兰克林先生呢？

"最好还是，先生，"我说，"让我亲自去跟女主人说一下。夫人对罗珊娜是很疼惜的，终归这女孩只是有点傻头傻脑罢了。每回家里出了点什么事，女人们一直爱往坏的方面想。比方有个人病了，她们就认为那人将死了。这回丢了宝石，她们也就觉得永远找不回来了。"

我这样说，好像让弗兰克林先生放下了心，下一步他就不提这件事。在我去马厩让人给弗兰克林先生预备轻巧马车时，听到罗珊娜·斯比尔曼忽然病倒了。

"怪异！我刚刚还见到她，还是健康的呢。"我说。

佩妮洛普跟随我走了出来。"爸，在其它人面前万不可这么说，"她说，"不幸的罗珊娜，为了弗兰克林·布莱克先生，已经很悲伤了。"

这是对那女孩的举止的不同的看法。假如佩妮洛普说得对，那就能够理解，罗珊娜为什么会有这种怪异的举止了。她只要能引起弗兰克林先生的关注，任何事都毫不在乎了。

我亲自给马套上挽具，把轻巧马车赶到前门，看见在台阶上等待的不只是弗兰克林先生一个人，一起的还有高弗利先生和西格雷夫局长。想必，局长先生已经有了个不同的定论。目前我们这位聪明能干的警官觉得，这是家贼跟印度人内外勾结合伙偷走的。因此他决定去一趟弗里辛霍，到监狱审问那几个变戏法的印度人。高弗利先生很想加入对印度人的审问。弗兰克林先生就和他们一同去镇上。那两个警察，一个留公馆，一个跟西格雷夫局长一同去。如此一来，刚好坐满轻巧马车的四个座位。

临行前，弗兰克林对我说："公馆拜托你了，贝特里奇，等我归来。也请你想方设法打探一下，罗珊娜·斯比尔曼到底是怎么回事。此事，也许比你预料的要重要的多。"

"我了解这关系到两万英镑啊，先生。"我说。

"这关系到让雷茜尔能否静心的问题。"弗兰克林先生严厉地说，"我特别为她担忧。"他忽然丢下了我，好像不想再跟我谈下去了一样。

他们就一同坐着马车去弗里辛霍了。我总是想私自跟罗珊娜谈一回，不过总是找不到时机。她只在喝茶时才下楼一回，并且表情很兴奋，仿佛得了一种所谓的歇斯底里症，于是别人又把她给送回到床上去了。

今天就这样悄无声息地过去了。雷茜尔小姐依然把自己关在房间不出来。夫人的心情也特别糟糕，我也就不可以再把罗珊娜·斯比尔曼跟弗兰克林先生说的话跟她讲了。那些女仆们一直都在看《圣经》和赞美诗，每个人全都显得愁容满面。但我，就连打开《鲁滨孙漂流记》看看的兴趣都没有了。我走到院子里，想要找个人谈谈、疏散心情也没有找到，就把椅子搬到狗窝旁，跟狗讲起话来。

晚饭前30分钟，两位少爷一同从弗里辛霍镇回来了。对印度人的审问进行得特别详细，请了明白印度话的默士威德先生做翻译，但是最终还是让人大失所望，完全找不出怀疑变戏法的和仆人彼此勾结预谋的原因。眼见事情毫无头绪，弗兰克林先生给伦敦发了一份电报。

到目前为止，案子毫无头绪，但是，一两天后，案子就有点进展了。关于事情是怎样的情况，结果如何，请接着往下看。

第十二章

星期四傍晚，无事发生，星期五早晨传来两条消息。

第一条是：面包师傅说，他在昨日午后，曾看见罗珊娜·斯比尔曼，她脸上围着厚厚的面巾，经过沼泽地，赶往弗里辛霍。谁也不会看错她，看错了那就奇怪了——凭她那肩膀，很显然的就能认出她来，这不幸的女孩。但是话得说回来，我认为肯定是这家伙弄错了，由于，大家都知道，星期四午后，她不是还生着病，在楼上自己房间里躺着歇息吗？

第二条新闻是信差送过来的。在雷茜尔小姐生日的当晚，尊敬的坎迪先生因冒雨驾车回家，最终引发了重感冒。听说这不幸的人总是昏昏沉沉，嘴里总是在胡言乱语。我们全都为这位矮个子医生感到担心。弗兰克林先生对他的患病感到很难过，主要是由于雷茜尔小姐，他觉得他表妹或许应当请医生诊断一下。

早餐后，老布莱克先生给儿子的回信邮来了。信上说，他已经选到一个恰当的人来协助我们破案，这人就是特别出名的克夫探长。预计他大概乘早车从伦敦到这儿。

我们大家都很开心，迫切地渴望立刻看见这位大名鼎鼎的探长。

探长光临的时间一到，我就快速到大门门口迎接他。一辆马车从火车站抵达公馆门外，车里走出一位满头白发、年岁略大的人，他长得特别瘦，好像皮包骨头一般。穿了一身黑色，一张瘦削的脸，脸色仿佛一片秋叶，又黄又枯。眼睛青灰，脚步轻盈，嗓音听起来很忧愁，长长的手指，仿佛爪子似的弯曲着。准确地说，他更像一个牧师，或许说是殡仪馆老板什么的，就是不大像一个探长。他跟西格雷夫局长形成一个明显的对比，对一户遇到可怜的人家来说，他看来并不是一位让人放心的警官。

"请问这儿是范林达夫人府上吗？"他问道。

"是的，这儿就是，先生。"

"我是从伦敦来的克夫探长。"

"请进，先生。"

　　我们进了公馆，我就派一个仆人去叫夫人。这时，我们绕行进了后花园。在等着夫人时，克夫探长抬头见到了玫瑰园，就走了进去。讲起玫瑰园，他还真是个行家，园丁听了都感到惊讶，我却听得烦极了。

　　"这真是个玫瑰园的达标模样——四周是方形的，中间一个圆形。全部的花床之间都有小路。可惜的是不该铺这样的石子路，依我之见，应当铺作草皮路，园丁先生。石子路太硬，这样影响玫瑰的生长。这个品种应当是白麝香玫瑰，贝特里奇——我们英国悠久的玫瑰品种，"探长说，"非常的名贵！"

　　我们原本盼望他来寻找钻石，抓住小偷，他却在这儿谈起玫瑰来，看来真的叫人大失所望。

　　"您仿佛很爱种植玫瑰花，探长？"我说，"对于干您这工作的人来说，先生，这能够算是一种爱好了吧。"

　　"假如你细心察看一下四周的事物，"克夫探长说，"就会看见，在平常情形下，一个人的爱好跟他的职业是毫无关系的。那边有位夫人来了，是不是范林达夫人？"

　　我和园丁都还没有留意到夫人，他却先见到了。即使我们了解夫人应当从哪个方向来，但他却不了解。这一来，我便对他刮目相看了。

　　夫人显得有点忐忑不安，不知该怎么招呼。克夫探长替她解了围，他问："在我来以前有没有请什么人来查看过这桩盗窃案？"听完了夫人的回答后，他便要求和那位局长先生交流一下。

　　夫人前面带路往屋里走去。在跟她走以前，探长还特别对园丁说了一句："你向夫人提单换作草皮试试。"他用斜视的目光瞥了一眼小路说，"不可以用石子！石子不行！"

　　我说不明白，局长先生被介绍给克夫探长时为何显得那么渺小，我只能实话实说，他们一同走开，关起门来聊了许久。出来时，局长先生显得很兴奋，探长先生却疲惫不堪。

　　"探长想要检查一下范林达小姐的卧室。"西格雷夫先生大声说，"请带他去吧！"

　　我带他上了楼。探长细心地检验了那只印度古玩橱，继续又细心观察了整个卧室。他又时不时地提了一些问题，三分之二是问我，只有两三个问题问的是西格雷夫，为什么问这些问题，我不明白。末了，他走到门边，细心观察了门上的装饰画。他伸出一个瘦长的手指，指了指门锁孔下面的那小块漆斑，这漆斑，西格雷夫先生昨天就已留意到了，我记得他还对拥进房间来的仆人们大发脾气。

"上帝啊！真糟糕，"克夫探长说，"怎么会弄坏了呢？"

他向我问起了这一问题。我回答说，事情发生的当天早晨，女仆们都拥进这房间来，大概是她们的裙子给摩擦的。

"对啊！"西格雷夫先生说，"当时我要求她们立刻出去。大概就是当时裙子擦的！"

"你有没有留意到是哪一位的裙子擦的？"探长问的并不是西格雷夫先生，而是在问我。

"没有留意到，先生。"

他又扭头向西格雷夫局长问了相同的问题，还说："我想，您大概留意到了吧？"

局长表现得有点为难，但他说："肯定没有，探长。这是小事情一桩。"

克夫探长盯着西格雷夫先生，仿佛刚刚在玫瑰园中盯着石子路一样，继续说：

"我上星期破获过一个案子，局长先生。调查有两个方面：一是一桩谋杀案，二是桌布上一片谁也不知如何弄上去的墨水迹。我从事侦探工作之后，从没遇到过什么小事一桩。在更进一步调查这件案子以前，我觉得我们首先调查找到这片漆斑的裙子。还得弄明白，这漆在何时是湿的。"

局长先生问，要不要他去聚集起女仆，但克夫探长决定先弄明白漆的问题。他问屋子里的人，有没有人了解昨日上午十一点钟当仆人们拥进房间里时，这漆是不是干的。我就说这事弗兰克林·布莱克先生应该明白。不一会儿，他就走进房间来证明了。

"探长，"他说，"那扇门是范林达小姐在我的帮助下油漆的。我们用的油漆是我亲自着手配制的。这油漆十二小时内就能够干。擦出漆斑的地方是在星期三下午三点钟左右漆好的，还是我亲自漆的呢。"

"今日是星期五，"克夫探长说，"星期三下午三点钟这儿就漆好了，您又说这油漆十二小时内就干——也就证明了，星期四早晨三点钟就应该干了。那天上午十一点钟，你在这儿查看，局长先生，也就是在你猜疑是女仆的裙子把漆摩擦时，这漆已经干了八个钟头之久啦。"

这时，克夫探长只和弗兰克林先生一个人谈论了。

"你给我们提供了有利的线索，先生。"他说。

他刚说出这句话，卧室的门突然打开了，雷茜尔小姐走出房来，站在我们之中。

"你的意思是，"她对探长说，一边指着弗兰克林先生，"是他给你们提供了有利线索？"

"是的，小姐，"探长说，他那双青灰色的眼睛细心地上上下下观察着小姐的脸，"这位先生也许给我们提供了有利的线索。"

她转了转头，原本想看看弗兰克林先生——我说"原本想"这三个字，是由于她马上又把脸扭向别处了。她的脸涨得通红，随后又变得苍白。

"小姐，我能不能问你一个问题，"探长说，"你了不了解，你门上的漆斑是何时弄出来的？"

"你觉得一个年轻女子的建议值得一听吗？"雷茜尔小姐仿佛没听见他的话，自言自语的说道。

"我当然很开心听见你的意见，小姐。"

"你还是亲自去调查吧——不要再让弗兰克林帮你了！"

即使我很敬重她，同等于夫人，但她的话说得如此毒辣，这么无礼，我生平首次为她感到吃惊。克夫探长那镇静的目光总是看着她的脸。"很感谢你，小姐，"他说，"你是不是或多或少了解点关于这漆斑的情形？难道是你自己无意摩擦的？"

"对这漆斑我完全不知。"话毕，她扭身就回到房间，又把自己反锁在卧室里了。她一进房间，马上就听见她哭了。我认为，弗兰克林先生为这事，比我更难受。

"范林达小姐是由于丢失钻石才大发雷霆的。"探长说，"那是块很珍贵的宝石。能够理解！人之常情嘛！"

当天夫人就曾为她作过相同的解释，目前，这位之前不认识的人竟也这样为她解释！我不由浑身一阵颤抖，当时我不了解这是为什么。此时我才清楚，当时我就开始认为克夫探长见到雷茜尔小姐并和她谈论以后，他心里就出现了一个可畏的新主意。

"刚刚发生的事就别提了，"他对弗兰克林先生说，"感谢你，我们已经知道漆在那时是干的了。接下来就是要查清最后见到这漆完好无损是何时。"

"我知道你的意思了，"弗兰克林先生说，"如果我们把时间问题的范围缩得越小，那么我们查看的范围也就越来越小啦。"

"的确如此，先生，"探长说，"那么星期三夜里，谁是最后一个留在这屋子里的？"

我说："我认为应该是雷茜尔小姐吧，先生。"

弗兰克林先生却忽然插话说："也特别有可能是你女儿，贝特里奇。"

"贝特里奇，假如能够的话，请你女儿上楼来一趟吧。我了解，你们这位局长把女仆们都弄得不开心了。使她们对我们友善，是很关键的。因此请代我向你女儿和其他女仆们道歉，并转告她们两件事：第一，我还没有实凭实据，钻石是被偷走的，我只知道钻石失踪了、消失了；第二，我要求仆人们协助我找回钻石。"

"我可不可以转告女仆们第三件事？我想这件事能使她们立刻对你们取消敌意，她们此时能够自由出入自己的卧室吗？"

"当然，完全可以，贝特里奇。请立刻去跟她们讲吧。"

不一会儿，我就把这些事情全转告了她们，女仆们听了，全都愿意跟佩妮洛普上楼来协助探长寻找宝石了，我必须把她们阻挡了。

看来，探长挺爱佩妮洛普，他盯着她的那副表情，仿佛在玫瑰园中盯着白麝香玫瑰的时候一样。

以下是我女儿的证明：她很喜爱门上的画，也留意到了锁下面那小块地方，由于那是最后上漆的地方。他记得很明白，晚上十二点钟，她向小姐道晚安出来时，那儿还是完好的；她了解漆还未干，因此尽量小心不碰上它；她发誓说，她是提着裙子走的，当时那漆画上一定没有斑点；但是，出来时，裙衫是否刚巧擦了一下，那就不了解了。她记得那天穿的裙衫是雷茜尔小姐送的，那件衣服拿来了，经我证实，这就是那天夜里她身上穿的。细心查看了那件衣服，没有看见漆污。

于是，探长又用放大镜细心查看了那块漆斑。确实是，这漆是在人经过时给衣服摩擦的，由此证明，从星期三半夜到星期四早上三点这段时间里，一定有人出入过这个房间。

克夫探长作出这一定论后，才看见那位西格雷夫局长依然在房间里。"局长先生，你所说的这小事一桩，"探长用长长的手指指着门上那块漆斑说，"目前看来，已经变得非常有利了啊。目前，依照这块漆斑，不得不查清三点：第一，弄明白公馆里有没有一件衣服沾上这种漆；第二，搞清楚这件衣服是谁的；第三，弄清楚这人为何在半夜和次日早上三点之间来这个房间，而且还沾上了漆。要是这人说不出让人相信的理由，那就轻而易举找出是谁偷走钻石了。目前，我就不再挽留你在这儿了，不要耽搁你在镇上的工作。请你留下一个人在这儿，或许我有用得着他的地方，一路顺风！"

西格雷夫局长即使很敬佩探长，不过他认为更加敬佩他自己。他被这位极有声望的克夫凶狠地讥讽了一下后，在走出房间前，他也极力凶狠地反驳一句：

"到现在为止，我还未发表过任何意见。此时我只有一句话要说：你真的是在小题大做。"

"你如此居高临下，虽然有这样的小题也做不出什么大文章来的。"克夫探长答道。他走到窗口，双手插在口袋里，站在那儿向窗外看，嘴里吹着《夏天的最后一朵玫瑰》① 这支曲子。后来，我才看见当他在努力思考的时候，一直吹这支曲子。

片刻后，探长自言自语地说："就这么办！"之后就对我说，他想跟夫人交谈一下。

"你已经了解是谁拿走钻石的吗？"弗兰克林先生盯着探长迫切地问道。

"钻石没有被人拿走。"探长回答说。

我们俩同声请求他告诉我们这是什么意思。

---

① 爱尔兰著名抒情曲。

"一会儿吧，"探长说，"此时这谜底还没彻底解开哩。"

第十三章

我在夫人的卧室里找到了夫人。我一说起克夫探长想跟她谈一下，她就大吃一惊，满脸的不愿意。

"我认为我的神经已经受到刺激，"她说，"那个从伦敦来的探长，让我有点胆怯。我有种预感，总认为他会给这个家带来灾难。即使这听起来很滑稽——但我认为就是如此。"

我几乎不明白应该如何说才好。我倒是越来越喜爱克夫探长呢。

"假如我必须得见他，那也无法，"她说，"但是我不想一个人见他。把他带进来吧，加百列，不过他待在这儿时，你也留下。"

我下去把克夫探长领到女主人的房间，大出所料的是，她一见到他，脸色就变得有点煞白。她一声不吭地指指两把椅子，于是我们就坐下来开始谈论了。

"我对这件案子已经有了一个大略的看法，"克夫探长说，"但是此刻我还不想把它说出来。"随后，他就把刚刚在楼上查看的结果，以及他接下来的计划，告诉了夫人。"能够确定一件事，"他说，"钻石丢失了。另一件事简直也是能够确定的，门上那漆斑的漆，肯定沾在了公馆里某个人的某件衣服上。在接下来深入调查以前，我认为我们必须找到那件衣服在哪里。"

"找出那衣服的时候就能找出偷宝石的人了吗？"夫人问。

"我事实上并没有说钻石是被偷走的，我只是说钻石丢失了。假如找出那件沾漆的衣服的话，也许能协助我们找到钻石。"

夫人回头看我，"你清楚探长的意思吗？"她说。

"克夫探长了解的，夫人。"我回答说。

"你打算怎么办呢？"夫人问道，"我不会同意你再去搜索我下人们的箱子和房间了。"

"我一切遵照您的意思办，夫人，不得不顾虑到仆人们的心情。但是，我也认为应该查看仆人们的所有衣服。"

他继续说："假如我能对他们说，我要查看这里每一个人的衣服——上至夫人，下至仆人——只要是星期三夜里睡在这里的人，全部都要查看，在此情形下，女仆们就不会觉得自己是被怀疑了。这其实只是个过程，但是，仆人们对事件事情的看法就会截然不同，他们肯定会认为这是关于荣誉的事，因此会极力来配合这项调查工作。"

我认为他的说法特别有道理，夫人即使起初时大吃一惊，但马上也就清楚了。

她起身按铃叫来了自己的女仆。"你手里应该拿着我衣橱的钥匙。"她说道。

克夫探长忽然插进一个意料不到的问题。

"我们是不是最好还是先弄明白，公馆里其他的小姐和先生是否也答应这么做吗？"

"公馆里小姐只有一位，就是范林达小姐，"夫人特别吃惊地回答，"先生也只有我的外甥布莱克先生和艾伯怀特先生。不必担忧他们三人中任何一个会反对。"

这时，高弗利先生刚好来敲门，向夫人作别。夫人向他说明了原因。高弗利先生很直爽地把问题处理了，他留下手提箱，而且把钥匙交到克夫探长的手中。"您查看之后，"他说，"再把我的箱子邮回伦敦就可以了。"高弗利先生和夫人作别后，给雷茜尔小姐留了一张纸条。依我之见，这张纸条上写得很明白，他不会由于遭到回绝而就此放弃，下回假如有机会，他还是会向她求婚的。弗兰克林先生目送表兄离去后，就对探长说，他全部的衣服都能够拿出来让探长查看，他的东西全都没上锁。这样一来，就只剩下雷茜尔小姐一个人让查看她的衣服了，只有如此做之后，我们才能把仆人们聚焦起来，开始调查那件沾漆的衣服在哪里。

夫人看上去显得很不开心，"假如我把我女儿的钥匙送下来，"她对探长说，"我想我应该完成你此时要我做的事了吧？"

"很抱歉，"克夫探长说，"在开始调查前，我必须先查看府上的洗衣账册。沾上漆的衣服或许是件亚麻布料的，要是查不出的话，我想把全部送洗的麻布衣服搜查一遍。假如少了一件，起码就能假设这件就是沾漆的衣服，是衣服的主人在昨日或者今日，故意把它隐藏起来。在仆人们拥进那间屋子的时候，西格雷夫局长曾提示他们留意门上的漆斑，这也许是他犯的又一个错误。"

夫人要求我按铃，叫人去拿洗衣账册。不一会儿，罗珊娜·斯比尔曼拿来了洗衣账册，这姑娘脸色很奇怪。克夫探长总是聚精会神地盯着我们这个干杂活的女仆——她走进时，看她的脸；她走出时，看她畸形的肩膀。

万事通的克夫探长开始查阅洗衣账册，不一会儿，就都搞清楚了，然后合了上账册，"夫人，打扰你回答我最后一个问题，"他说，"刚刚那送账册来的年轻女子，在府上工作的时间，和其他仆人同样久了？"

"你为何问这个？"夫人问。

"上回我见到她时，"探长说，"她由于偷窃在坐牢呢。"

这样一来，夫人只好实话实说了，"我想，你不是怀疑她吧？"夫人末了又补充道。

"我已经对你讲过，到现在为止，我对府上的人一个也没有嫌疑过。"

听了克夫探长的话，夫人便站起身来，上楼向雷茜尔小姐要钥匙去了。当她从探长身旁经过时，不由自主地打了个冷战。

我们等了许久，始终不见夫人拿钥匙下来。克夫探长一声不吭，只是径直地轻轻吹着《夏天的最后一朵玫瑰》。

最终，塞缪尔下楼来了，他没有取来钥匙，而是送来一张纸条给我。纸条上有夫人写的几句话，告诉我说，雷茜尔小姐不愿让探长查看她的衣服。夫人想必不愿带着小姐这样的回答来见克夫探长。我是由于年岁大了，脸皮厚了，不然的话，我也会羞耻的。

"拿来范林达小姐的钥匙了吗？"探长问道。

"小姐回绝查看她的衣服。"

"是啊！"探长应道。他的语调仿佛是听见意料中的事一样。

"需要结束查看吗？"我问。

"是的，"探长说，"由于你家小姐做出了与其它人不同的决定，回绝查看。我们要么不搜，要搜就彻彻底底地搜。请把艾伯怀特先生的手提箱送回伦敦去。洗衣账册也还给那个拿来的女孩吧。"

"您仿佛不大失所望。"我说。

"是的，"克夫探长说，"我并不失望。"

我试着让他说明一下。

"雷茜尔小姐为何要回绝呢？"我问他说，"她帮了您，对她有益处，不是吗？"

"等会吧，贝特里奇先生，等会再说吧。"

也许只有一个比我机灵的人，才能发现他到底在想什么；否则的话，也得是个不像我如此喜爱雷茜尔小姐的人，才能发现夫人胆怯见他，或许是发现他在想什么了吧。

"接下来要怎么办呢？"我问。

"到花园走走，"他说，"我们观赏玫瑰花去吧。"

第十四章

灌木林中的小径是去花园最近的路，这你了解的。另外要说的是，这灌木林中的小径，是弗兰克林先生最喜爱散步的地方，每次他到园里散步的时候，我们一直发现他在这儿。

"我们不必谈你家小姐回绝的原因了，"探长说，"我们只能说她不愿与我们合作，这确实是遗憾极了，由于她这样做，增加了我们侦查工作的困难。此时我们得另想途径，来解开门上漆斑这个疑案——我断定，这就等同于钻石疑案。我决定不搜查仆人们的衣服了，贝特里奇先生，但我们仍然要对他们进行观察，观察他们的思想和举止。但是，在这以前，我要先问你几个问题：你是个观察力灵敏的人，自从钻石丢失的事发生后，你有没有发现仆人举止怪异的地方？他们之间有没有由于某些事而争吵的？比如说，他们之中有没有人大发脾气、或者是忽然病了？"

我刚好想起昨日中午时，罗珊娜·斯比尔曼忽然生病的事，没来及等我作答，却见克夫探长的眼睛忽然移向灌木林，并听见他小声地自言自语说了一声："嘿！"

"什么事？"我问。

"我背上的风湿病又犯了。"探长大声说，好像有意让旁人听见我们的谈话声。

我们继续往前走了几步，来到房子的一角。探长停留在此，我们站在这儿，能够发现周围任何地方。

"你了解罗珊娜·斯比尔曼这个人吗？"他说，"看她的模样，不像有了心上人。但是，为了这女孩，我不得不立刻问你这个问题，这不幸的人儿是不是也跟其他人相同，心有所爱了？"

他为何如此问我，他想了解什么呢？我默不作声，只是看着他。

"刚刚经过灌木林时，我看见罗珊娜·斯比尔曼藏在那儿。"探长说。

"就是您说'嘿'的那时候？"

"对，就是那时候。假如她有心爱之人，藏在那儿倒也没什么；要是没有，那她的举止就很怀疑了。"

该如何回答他呢？我了解，弗兰克林先生喜欢在灌木林散步；我也了解，佩妮洛普曾许多次见到罗珊娜在那儿晃悠，并许多次对我说罗珊娜是为了引起弗兰克林先生的关注。假如我女儿说的是准确的，那么探长看见罗珊娜时，她可能是在等弗兰克林先生。单独为了那不幸的女孩，我便对探长作了一番必须的说明，而且告诉他，罗珊娜痴心一片，爱上了弗兰克林·布莱克先生。

克夫探长一直不笑，即使有什么事把他逗乐了，他也只是略微歪一歪嘴，此刻他就歪了歪嘴。

"我倒不觉得爱上弗兰克林·布莱克先生如此一位少爷，是她的一片痴心。但是，我很开心，事情已经很清楚了。我会保守秘密的，贝特里奇先生。你觉得弗兰克林先生完全没料到这女孩爱上他了吗？假如她是个美丽的姑娘——恐怕他一眼就会关注到了。顺便问一下，刚看见钻石丢失时，你是否看见仆人中有什么莫名其妙的举动？"

他狡诈地提出最后一个问题，让我警惕起来。当他问到与我共事的仆人们头上时，我也就不愿回答他了。

"我没看见什么可疑的。"我说。

"哦，"探长说，"就这些吗？"

"就这些。"我回答。

"贝特里奇先生，"他说，"我们握一下手，好吗？我已经对你十分有好感了。"

他偏要在我骗他的时候这么做，这真让我出乎意料。

我们回到屋子里。探长嘱咐我给他一个房间，然后再一个一个地把仆人们叫去问话。

我把我的房间让给了探长，随后聚集全部仆人到大厅里。罗珊娜·斯比尔曼跟平时一样，也在其中。在探长看见她以前，她肯定听见探长跟我说的关于仆人的话了，反正，她仿佛完全没去过灌木林似的站在那儿。

我遵照克夫探长吩咐的那样，把仆人一个一个地喊了进去。第一个被叫进"法庭"——也就是我的房间的，是厨娘。她片刻就出来了，并对大家讲述说："克夫探长真是一位地地道道的绅士！"罗珊娜·斯比尔曼比其它仆人待的都长，出来时她默默无语——一声不吭，嘴唇煞白。

等克夫探长都问完了，我走进"法庭"，看见探长又是原样子——看着窗外，又径自地吹着《夏天的最后一朵玫瑰》。

"看出什么了吗，先生？"我问道。

"假如罗珊娜·斯比尔曼请求出去，"探长说道，"那就同意这不幸的姑娘去吧，但是得先告诉我。"

我把罗珊娜和弗兰克林先生的事说出来，心里感到很愧疚。事情很显然，这可怜的女孩已经引起了探长的怀疑。这时，我们的谈论让敲门声打住了。厨娘捎信说，罗珊娜·斯比尔曼请求出去，原因跟平时相同，她说头痛，要到外面呼吸新鲜空气。依据探长的手势，我就允许了。

"此时，把你的房间锁好，"探长说，"假如有人问我的话，就说我在屋里考虑问题。"话毕他就走了。

留下我自己了，在此情形下，惊奇心督促我亲自去知道一些消息。于是我就到仆人们的房里去了，跟大家一同坐下来喝茶。不一会儿，我就跟探长自己了解的同样多了。

原来，夫人的女仆以及那个干杂活的女仆，都不信任罗珊娜那天是真的生病了。在星期四午后，这两个女人都曾许多次暗自上楼去过，推推罗珊娜的房门，门已经反锁；敲敲门，也没有回答；细心听听，屋里毫无动静。夜里的时候，再从锁孔朝里观望，看见锁孔已被堵塞。深夜里，一线亮光从她房门下面透出。早上四点，里面有烧火时噼噼啪啪的爆裂声传进来（六月天，仆人的住房里竟还生火！）。她们把这些事真实反应给了克夫探长，但是克夫探长居然用怀疑的目光看她们，显然不信任她们的表情。

这位大探长的全部方案，我已经大致知道，他是想在罗珊娜出去走走时，私底下跟随她。我心里清楚，他认为让女仆们了解她们帮了他大忙，明显是不恰当的。

在这晴朗的夏天下午，我慢慢走向屋外，心里一想起那不幸的女孩，就很难过。在灌木林中，我遇到了弗兰克林先生。他从车站送他表哥回来后，就和夫人聊了许久，小姐那怪异的举止使他的心情很不爽，几乎都不想再讲起这件事。

"嗳，贝特里奇，"他说，"你喜爱公馆里闹得如此纷纷扬扬、七上八下吗？你还记得那天早晨我带月亮宝石来的情形吗？我真希望那时把它丢在颤动沙滩里就好了！"

我们默不作声地向前走。随后他向我提起克夫探长。要我向弗兰克林先生说谎，说探长正在我房里思考，我确实办不到，于是我就把刚刚发生的事全部告诉了他，特别对他讲了女仆们说的关于罗珊娜·斯比尔曼的情形。

弗兰克林先生片刻就全清楚了。

"今日早晨你不是告诉过我，说我们原以为罗珊娜昨日生病在床上歇息，但却有个生意人在去弗里辛霍的路上遇见过她，不是吗？"他说道。

"是的，先生。"

"如果女仆们说的真实，那就证实那个生意人的确遇见过她了。她肯定是为了某种特殊的目的，才偷偷去镇上的。沾上漆的衣服也许就是她的，她在屋子里生火就是为了烧毁那件衣服。就是说，罗珊娜·斯比尔曼偷走了钻石。我此刻就进屋去，告诉我姨妈全部。"

"抱歉，还不到时候哩，先生。"身后忽然响起了说话声，我们两人回头看去，看见克夫探长站在面前。

"为什么？"弗兰克林先生问。

"同去，先生，你告诉了夫人，范林达小姐就会了解的。"

"就算她了解了，那又怎么样呢？"弗兰克林先生忽然激动地大声说道，好像被探长激火了。

"如此一个问题……并且在这么个时候，"克夫探长坦然地说，"你觉得这合适吗，先生？"

两人都沉默了片刻。弗兰克林先生开了口，嗓音放小了，仿佛刚刚忽然加大嗓音一样。

"我想了解，你为何阻拦我把发生的事告诉我姨妈？"

"你要清楚，假如我没有同意，你就把这事告诉范林达夫人或其它人，那我就不再侦查这案子了。"

事情到此为止。弗兰克林先怒火冲天地扭身走了。

他们说话时，我忐忑不安地站在一边。但是，我心里清楚两点：第一，小姐是他们这番争吵的主要原因；第二，他们互相非常了解，大家都不必过多作解释。

"贝特里奇先生，"探长说，"我不在时，你做了一件很愚昧的事。以后我不在时，请别善自作什么调查工作。"

他挽起我的胳臂，踏上来时的路，和我同行。我感到愧疚，但我还是不情愿帮他布下罗网，诱捕罗珊娜·斯比尔曼。

"您有什么需要我效力的吗？"我问道。

"那边有条公馆与海滩相连的小径吗？"他问道。他边说边用手指向那片通向颤动沙滩的枞树林。

"对啊，"我说，"是有一条。"

"带我去吧。"

于是，在夏日炎炎的暮色中，我和克夫探长一同向颤动沙滩走去。

第十五章

探长一声不吭，直到我们走进通向那片流沙的枞树林，才说话了。

"贝特里奇先生，"他说，"你已经帮过我，今日晚上，你大概对我也有所帮助，因此我要对你坦白。看情况，你是死了心不肯告诉我罗珊娜·

斯比尔曼的任何情形的了，由于你可怜她。事实上，你什么也不必担忧，罗珊娜·斯比尔曼一定不会有惹上麻烦的危险——是的，虽然我证实她跟钻石丢失有关，也不会有危险的。"

"您是指夫人不会告她吗？"我问道。

"我的意思是你家夫人不能告，"他说，"罗珊娜只不过是别人手上的棋子罢了。"他说得像是一本正经。

"您能说出那另一个人的名字吗？"我问道。

"难道你猜不到吗，贝特里奇先生？"

"我猜不出。"

"你也不了解，罗珊娜最近是否有新的麻布衣服？"

这问题很怪异，但是，假如我实话实说，仿佛也不会伤害到罗珊娜，于是我回答说，夫人近来给了她一件新的麻布衣服。

"要是找不到那件衣服，那么，在罗珊娜的衣物中，我们一定能够找到一件新睡衣或者是一条新裙子。"探长说，"难道你猜不出昨日她是为什么而假装生病吗？啊，上帝哪，这太明显了！星期四上午十一点钟，在西格雷夫局长当着所有仆人的面，提示大家留意房门上的漆斑后，罗珊娜就找时机溜回自己的房间，并在自己的睡衣或者裙子上看见了沾上的漆，于是就装作生病，溜到镇上，买了新料子回来做裙子或者是睡衣。当天夜里，她自己躲在房里做衣服，还生了火，可这绝不是想要烧毁沾漆的衣服，她很谨慎，那样会发出一股焦臭味，并且会有一大堆无法处理的火炭。我觉得，生火是为了烘干和熨平衣服的。她肯定已经把那件沾漆的衣服藏起来了，或许就藏在身上。这时，她大概正忙着把那件衣服丢到那片凄凉的沙滩去呢。黄昏，我跟随她走到你们的渔村那儿，到了一座小屋旁边。我们回去前恐怕得去那座小屋看一下。她在那小屋里待了一会儿，出来时，仿佛在斗篷里面藏着什么东西。她离开小屋后就顺着海岸往北去了。

"要么以嫌疑犯的理由拘留罗珊娜；要么现在随她去，让她连续玩她的小聪明。我只能选择其中之一。由于各种原因，我决定宁愿不惜任何付出，今晚也不要把某个人触动。至于某人是谁，我以后再告诉你。我来到公馆里，是想让你带我走另一条近路到海滩的北面去。依我之见，查看沙滩是最好的侦察方法之一。假如我们见不到罗珊娜，沙滩上的脚印会告诉我们，她做了些什么。这儿就是沙滩了，我还是先去瞧一瞧吧。"

克夫探长一直走到海滩上去。我跟随他，并保持着一段距离，等着看事情接下来的进展。

我发现自己几乎就站在上次跟罗珊娜·斯比尔曼聊天的老地方了，当时弗兰克林先生忽然出现在我们面前。

晚上最后的一线亮光消逝了，这整片僻静的地方被一种可畏的安静笼罩着。退潮了，就在我站在那儿等候时，那一大片褐色的流沙开始颤动起来了——这是这整片鬼地方唯独在动的东西。片刻后，探长回到了我的身旁。

"这真是个千变万化的地方，贝特里奇先生，"他说，"海滩上找不到罗珊娜·斯比尔曼的踪迹。那渔村在什么地方？"

"柯伯洞在南面。"我说。

"以前，我看到罗珊娜顺着海岸从渔村往北一直走，"探长说，"所以她肯定会走到这边来。我们能够沿海滩走到那渔村吧？"

"能。"我回答说。

我们刚兴奋地朝柯伯洞走了大概一百多米，克夫探长就忽然蹲了下来。

"这儿有女人的脚印，"他说，"脚印很混乱，我断定，这是故意弄乱的。我并不想让你忧伤，但是，我必须说这女孩恐怕很狡诈。看来，她可能是决定，在你我以前赶到这地方，而且不在沙滩上留下一点痕迹。她可能是从这儿趟水过去，到后面的岩石那儿，再从原路回去的吧？对，就是如此。她在斗篷里肯定藏着什么东西。不，绝不是要烧毁的东西——假如是那样，就不必这么小心谨慎了。在两种情况中，我看还是想隐藏什么东西的机率较大。或许，我们到那小屋去，就能够明白那是什么东西了。"

罗珊娜在柯伯洞有几个朋友。一个叫约兰特的渔夫一家就是。他们是值得敬重的好心人。

只要天还未漆黑，我们到了柯伯洞，就能见到沙滩上的脚印。

进了村子，我们发现渔夫和他的儿子还在船上未归。友善的约兰特太太单独在厨房里招待了我们。

探长顺口便问起了罗珊娜·斯比尔曼，还获得了许多有价值的信息。看来罗珊娜可能想离开夫人的家。将近晚上，她来过小屋，请求让她在这儿给她朋友写封信。因此她在楼上待了许久。罗珊娜还从约兰特太太这里买了一些东西，说是出门要带的。买的是：一只皮箱（存放她的硬袖口和硬衬领）和两条铁链子。她说："假如我把两条链子接连起来，就能够用来把箱子捆住了。"她拿了这些东西，就走了。

"感谢你的合作，贝特里奇先生，"我们从那户人家出来时，克夫探长说道，"我很感谢约兰特太太告诉我那些情况。罗珊娜今夜的计划，此时已经很明朗。她把两条链子接连起来，用来捆住那只铁皮箱子。那只铁皮箱，她或许沉在水里，也许埋进沙滩了。她把链子另一头，拴在岩石下的某个地方，并且只有她自己清楚这个地方在哪里。她想把箱子丢在那儿多长时间都可以，到她所需时，再把它取出来。以此来看，全部都很清晰了。但是，探长在说话中露出烦躁的心情，这我还是第一次听到，不明白的是，她到底把什么东西放在那铁皮箱里了。"

我暗暗猜测："是月亮宝石！"可我仅对克夫探长说道："您也猜不到吗？"

"绝不是那块宝石，"探长说，"假如是罗珊娜·斯比尔曼拿走了钻石，那我一生的经验都毫无意义了。"

听了他这话，我随口而出："那件沾漆的衣服！"

在黑暗中，克夫探长忽然停下脚步。

"东西被丢在你们那片流沙，还能取出来吗？"他问道。

"绝不可以，"我回答说，"不论什么东西，一旦丢在颤动沙滩，就会陷下去，再也见不到了。"

"那她为何不把那件沾漆的衣服裹上块石头丢到流沙里、却要把它藏起来呢？——她肯定把它给藏起来了。她宁可冒那么大的危险，把这件沾漆的衣服藏起来，必定是有原因的。贝特里奇先生，我必须去一趟镇里，看看她买的是什么料子用来做那件新衣服。我可确实是有点生气了，我竟让罗珊娜·斯比尔曼给难住了。"

我们回到公馆时，仆人们正在吃晚饭。听说罗珊娜在一个小时前已经回来了，此时正和大家一同吃饭呢。

克夫探长站在屋子背后，默默地仰望着一扇窗子。

我抬头一看，发现那是雷茜尔小姐的房间。房里的灯光忽明忽暗地晃动着，仿佛出了什么特殊的事。

"那是雷茜尔小姐的屋子吧？"探长问道，我回答说："是"，并请他去用晚餐。但是他未动，却吹起了《夏天的最后一朵玫瑰》，克夫探长又发现新线索啦！

"您对那儿有什么怀疑吗？"我指着雷茜尔小姐的窗子问道。

"嘿，我跟你赌五元钱，你家小姐必定忽然决定要出门了。假如我没说错的话，我想跟你再赌五元钱，她一定是在最近一小时内才忽然决定要出门的。"

听了探长的第一个猜测，我不禁暗自惊讶。听了第二个猜测，我不由得回想起罗珊娜·斯比尔曼，她恰是在一小时前才从沙滩回来的。我匆忙进屋去想打探一下，在过道里，我首先遇见了男仆塞缪尔。

"夫人想见你和克夫探长，正在等待呢。"他说。

"她等候多长时间？"探长在我身后问道。

"一个小时了，先生。"他说。

又是一个小时！罗珊娜回归，雷茜尔小姐决定外出，夫人又等候想见探长——都围绕在这一个小时里了！我一直走上楼去，毫无理睬克夫探长。

探长走到我身边，小声说："今日傍晚，假如公馆里闹出什么笑话的话，我是不会惊讶的。别慌张！"

他正说着，塞缪尔便请我们进去了。

第十六章

夫人房里只开着一盏台灯，她没有抬头看我们，只是一直盯着一本打开的书。

"警官，"她说，"要是公馆里此时有人想要外出，先告诉你这事，这对你的破案来说重要吗？"

“特别重要，夫人。”

“那我得告诉你，范林达小姐想要到她姨妈家去住了，明日清早就走。”

克夫探长瞧了瞧我。

“请问夫人，范林达小姐是什么时候告诉你、她预备去她姨妈家的？”探长问道。

“大概在一小时前。”夫人回答。

克夫探长又瞧了瞧我。

“我要求你，夫人，必须推后范林达小姐的行期，假如可以的话，最好推迟到明日午后。明日清早我必定亲自到弗里辛霍去一趟——我最晚在午后两点钟就赶回来。”

夫人命令我嘱托马车夫，明日午后两点钟之前别来接雷茜尔小姐。

“另外一点，夫人，不要说出我请求推后范林达小姐的行期的事。”

夫人忽地抬起头，好像想说什么，终于又尽力克制了。

“真是个复杂的女人，”当我们走到过道上时，克夫探长说道，“假如不是她坚持住不说，这桩疑案今日夜里就真相大白了。”

听了他这句话，我这迷糊的脑瓜忽然领悟过来。

“你妈的！”我一把揪住探长的衣领，高声喊了起来，“雷茜尔小姐肯定有哪里可疑，你竟一直隐瞒我！”

“啊，”他说，“你算是猜对了。”

我放了手，松开他的衣领，有些灰心丧气。

“实话实说吧，探长，”我说，“您在可疑什么？事到如今，您再隐瞒我就不好了。”

“我不是可疑，”克夫探长说，“我是清楚。范林达小姐自始至终，一直就暗自隐藏着月亮宝石。罗珊娜·斯比尔曼是她的心腹。整个案子就是如此。”

“那原因是什么呢？”我无言以对。

“明日你会听到的，”探长回答，“今夜暂且就说到这里吧。你的桌子上已经放好晚餐了。”

“但愿您有个好胃口，”我说，“我毫无食欲。对不起，我要先走了。”

　　我心里非常忐忑不安，单独来到大平台上，想平平静静地想一下。但是塞缪尔找到了我，并交给我一张夫人写的纸条。

　　纸条上说，弗里辛霍的地方官来信提示她，这几日将放出那三个印度人，如果我们还有什么事要问他们，一定抓紧时间。

　　我找到克夫探长，他正和园丁在一块，面前还放了瓶威士忌酒，两人正在为玫瑰花生长的事激动地辩论着。我把夫人的纸条递给他，他看完后思考了片刻，便问我："有位赫赫有名的旅行家，他认识那几个印度人，并且会说英语。你能够告诉我他的名字和地址吗？"我告诉了他，他心满意足地说："真是妙极了。"克夫探长决定明日早晨去弗里辛霍时，顺道去拜会他。

　　话毕，他就又回过头去接着跟园丁辩论了。我也不理会他们，自己关上门，观看大厅的晴雨表，看看天气将怎样。

　　我正走至大厅前，门从里面被忽地打开，只见罗珊娜·斯比尔曼跑了出来，脸上一副苦恼的表情，一只手还紧张地捂着胸口。

　　"怎么啦，孩子？"我问道，"你病了吗？"

　　"哦，天啊！请不要跟我说话了。"她回答道，说着一直跑向仆人走的楼梯去。我这才发现身旁还有两个人：克夫探长从房间里暗自走出来，打听我发生了什么事。我回答说："没事。"弗兰克林先生则在另一边，他打开了大厅的门，让我进去，问我罗珊娜的脸色是不是很怪异。

　　"恐怕是我无心得罪她了，贝特里奇。"他说。

　　"是你，先生？"

　　"我也不知，"弗兰克林先生说，"但是，假如那姑娘真的与钻石丢失有关系的话，我相信，就在片刻前，她正想把所有向我表白呢。"

　　我瞄了一眼门，觉得门仿佛已被打开了一条缝。有人在偷探？还未等我看清，门已经关上了，我不能肯定是不是探长。

　　我请求弗兰克林先生告诉我刚才发生了什么事。

　　弗兰克林先生手指着台球桌。

　　"我正在打台球，"他说，"忽然抬头一看，看见罗珊娜·斯比尔曼悄无声息地站在我的身旁，她脸上神色非常急躁，好像有话要跟我说，我便这样问了。她回答说：'是的，我很冒犯。'由于明白她有偷钻石的嫌疑，我就心情不爽。这是个尴尬的场面。我发现手里还握着球杆，于是我就接着打球，想缓解一下尴尬的氛围。大概就由于这样，惹怒了她，她忽然扭身走了。只听到她说：'他只管打他的台球，看都不愿看我一眼！'我还未来及阻拦她，她就走出了大厅。我心里十分不好，贝特里奇。请你告诉罗珊娜一声，我对她并没有意见，好吗？在想法上，我对她或许有点过头——我简直以为就是她偷了钻石。倒不是我对她狠心，而是——"他忽然住了口，但是我明白他想说什么。只要把月亮宝石的事推到这个干杂活的女孩身上，他就能让克夫探长取消对雷茜尔小姐的嫌疑了。并且，罗珊娜况且也做出了许多怀疑的事。她先是装作生病，暗自溜到镇上，夜里在房间忙着什么，焚烧什么；那天晚上，她又在非常怀疑的情况下去了颤动沙滩。弗兰克林先生必定有充足的理由嫌疑她，即使我为罗珊娜感到难过，可我还是必须真实告诉他。

"对啊，"他说，"但是只有一种可能，罗珊娜的这些举止能够另当别论。我确实不想伤一个女人的心，贝特里奇！她假如有话要对我说，就请那不幸的女孩到我书房来吧。"

在仆人屋里，我知道罗珊娜已经去睡了。我告知了弗兰克林先生，就去找克夫探长，他不在我的房间里，难道探长到我为他预备的那间卧室去了？我想上楼去瞧瞧。

刚走到二楼的楼梯口，我就听到通往雷茜尔小姐房间的过道那儿传来一阵轻轻的鼻息声。我朝过道里一看，只见三张椅子在过道上一行排开，克夫探长正缩作一团地躺在上面，睡着了。

我刚走到他身旁，他就马上惊醒了，像条狗似的警觉。

"您为何睡在这儿？"我问道，"您为何不去床上睡？"

"我不上床，"探长回答道，"在这个悲凉的世界上，很多人都不能既本本分分、又轻松自在地挣钱，本人就是这样的人。今日晚上，罗珊娜·斯比尔曼从沙滩回家的时间与雷茜尔小姐决定离家的时间相符，这是巧合吗？不论罗珊娜隐藏了什么东西，事情很显然，你家小姐肯定要等相信那东西已经藏好了才能走。今日夜里，她们已经碰过一次面。要是她们想在全家睡着时再相遇一次，我就要半路阻截她们。贝特里奇先生，不是我不上床去睡，要怪就怪那钻石吧。"

"我真渴望公馆里一直没有过那块钻石。"我不由自言自语道。

克夫探长自叹地看看那三张椅子。

"我也有同感。"他严厉地说。

第十七章

那天夜里，风平浪静。我还要开心地补充的是，雷茜尔小姐跟罗珊娜，完全没有想过要再次碰面。

第二天清早，克夫探长依然毫无心急的模样。我把他自己留在屋子里，自己去花园，在那儿，我遇见了正在他喜欢的灌木林小径上散步的弗兰克林先生。

我们还未说几句话，探长就插了进来。弗兰克林先生对他很冷落。探长和和气气地向他说了早安，他却反问道："你有什么话要问我吗？"

"是的，先生，"探长说，"我要跟你交谈在这儿查看的情况。你对于查看工作有了新的线索表现得既兴奋又烦躁，因为这儿出了丑闻，你还很气恼我。"

"你要如何？"弗兰克林不和善地反问道。

"我要提议你，先生，到此时为止，还不能证实是我错了。并且，我是个警官，在这种情况下，作为一个好公民，你有职责向我提供有时得到的特别消息。"

"我哪有什么特别消息？"弗兰克林先生说。

"有个女孩，"探长忽视弗兰克林先生的话，径自说下去，"昨日夜里与你私自谈了话，先生。"

"我无话可说。"弗兰克林先生又重复一遍。

我一声不吭地站在一边，昨夜大厅门口那一幕出现在我脑子里。恰在此时，我见到灌木林小径那头出现了一个人，正是罗珊娜·斯比尔曼！紧随其后的是佩妮洛普，明显她正在尽力阻止罗珊娜，让她回屋。罗珊娜见到不只弗兰克林先生一人，就停止了脚步。弗兰克林先生也见到了她们，探长却假装完全未见，装模作样地接着说着。

"你不用担忧会害了那姑娘，先生，这点你根本不用担忧。"他高声对弗兰克林先生说道，有意让罗珊娜·斯比尔曼也能听到，"适得其反，假如你对罗珊娜·斯比尔曼感兴趣的话，就请的的确确地相信我，实话实说。"

弗兰克林先生也假装没有见到那两个姑娘，高声回答说：

"我对罗珊娜·斯比尔曼毫无兴趣。"

我看小径那头，远远地，在弗兰克林先生话毕之后，罗珊娜就忽然扭身回到屋里去了。

这时，吃早餐的铃声响了。"我要到弗里辛霍去了，贝特里奇先生。我会赶在午后两点之前回到这里。"探长说道。话毕，径自地走了，这一来，倒能够让我们离开他几个小时了。

"请你跟罗珊娜说明白，"弗兰克林先生见只剩下我们两人，对我说，"克夫探长给我们俩设下了圈套。他想要把我弄迷糊，也许惹她气恼，逼我们说出点什么来。在此情况下，除了像刚才那样，毫无其它办法能脱身了。但这使那女孩无法跟我说她心里想要说的话了。昨日夜里我跟你说话时，探长明显在偷探。"

"说起偷探，先生，"我说，"假如这种事情还不了结的话，我们可都要成为拴在一条绳上的蚂蚱了。什么刺探啦、偷看啦、窃听啦，完全成了我们这种处境的人的工作了。请谅解我这样说，先生，自从我们公馆里出了这件可畏的悬案，我都快被弄疯了。我绝不会忘了你对我说的话，只要有时机，我就给罗珊娜·斯比尔曼讲明。"

在克夫探长去弗里辛霍的期间里，公馆大致的情况是这样：

雷茜尔小姐一直把自己关在房里，等候马车到来。

为了平稳心情，弗兰克林先生在吃完早餐后便外出散步去了。只有我见到他出去。

我服侍夫人吃完早餐。她不愿提起月亮宝石的事，"等克夫探长回来再说。"她说道。

从夫人那儿回到房里，佩妮洛普正等待我。

"爸，我想你去跟罗珊娜谈一谈，"她说道，"我很担忧她。看样子弗兰克林先生无心让罗珊娜悲痛欲绝了。"

"罗珊娜去灌木林小径上干什么?"

"还不是由于她那一片痴心!今日清晨,她疯狂地想要找弗兰克林先生聊聊。我尽力劝说她。你也见到了,不是吗?假如我及早把她劝回屋,不让她听到那些让她悲伤的话……"

"够了,够了,"我说,"哪有什么伤罗珊娜心的话呀?"

"没有?爸!弗兰克林先生说他对她毫无兴趣,不是吗?并且,他的口气是多么残忍呀!"

"那是他有意说的。"我回答说。

"我也这么告诉罗珊娜的,爸。并且她也无权渴望他对她感兴趣呀。但是,她仿佛丧失了资尊严和失去了所有。爸,弗兰克林先生说完那句话后,我被她吓死了。她,就像忽然变成了个木头人,并且,自此以后,她工作仿佛在梦游一样。"

我开始有点不安起来,想起昨日夜里这两人之间的事来,当时她就仿佛挺悲痛的,这时,再次受伤害,多可怜啊。我答应过弗兰克林先生和罗珊娜谈谈,看来此刻是时候了。

我找到罗珊娜,她正在卧室外面的走廊上打扫卫生,她脸色煞白,毫无表情,眼睛中有一种怪异的茫然神色。

"开心一点,罗珊娜!"我说,"你不要难受。弗兰克林先生要我向你告知几句话哩。"

随后,我便尽力向她说明刚才事情的原由。

"弗兰克林先生真是个善人。请代我感谢他。"她就说了这么两句话,算作回答我。她根本像个梦游人,毫无心思地听着我说、跟我讲话。

"你真的确实听明白了我说的话吗,罗珊娜?"我问道。

"真的听明白了。"她回答说,根本不像一个生机勃勃的人,仿佛是个机械驱使的机器人。在整个交谈过程中,她也没有停止打扫。

"你心里有事情,罗珊娜。为何不都说出来呢?"

"我会的。"

"对夫人说?"

"不,对弗兰克林先生说!"

于是,我又告知她,弗兰克林先生散步去了。

"无关紧要，"她回答说，"今日我不去烦扰弗兰克林先生了。"

她细心地瞧着我，看了片刻，便拿着扫把走了，"请让我接着工作吧，"她说，"我工作去了。"

无话可说了。

"请个大夫来瞧瞧吧。"我对佩妮洛普说。

我女儿提议我说，坎迪先生病了，能够请他的助手——一个叫埃兹拉·詹宁斯的来瞧瞧。但是我们没有谁对他有所知悉，总而言之，没一个人相信他。请个陌生人来有什么用，说不定对罗珊娜毫无益处。

我想去对夫人谈谈，可她总是在雷茜尔小姐的房间里陪伴小姐。我悠闲地等待，直到时钟敲响一点三刻，不一会儿，我听到有人叫我，我立刻听出了这声音，是克夫探长从弗里辛霍回来了。

第十八章

我刚下楼走到大门口，探长就从台阶上急步走来。我不想显露出我对他的查看结果很感兴趣的模样，但我还是冲口而出地问道："弗里辛霍有什么消息吗？"

"我见到那三个印度人了，"克夫探长回答说，"我还查到了罗珊娜在镇上私下买的是什么样的料子。那三个印度人将在下周被放出。我和默士威特先生都以为他们到这儿来不是为着偷月亮宝石的。星期三夜里在公馆里出的事，扰乱了他们原先的计划，他们跟你相同，与月亮宝石的丢失无关。但是我有一件事要告知你，贝特里奇先生。假如我们找不到月亮宝石，他们倒能够找到。那三个卖艺的人的事，还没了结呢。"

"印度人的事我不想听了，"我说道，"罗珊娜的事如何了？"

克夫探长晃了晃头。

"这件案子越来越玄了，"他说，"我在弗里辛霍的一家铺子里查清，她在那儿只买了一块料子，而那块料子正好做一件睡衣。"

"谁的睡衣？"我问。

"肯定是她自己的了。从那天晚上十二点到星期四清晨三点之间，她也许溜进你家小姐的房里，商议隐藏那颗月亮宝石的详细情节。回房间去的时候，她的睡衣沾上了门上的湿漆。她既洗不掉那块漆斑，又无法把沾漆的睡衣烧毁，于是得另外弄一件相同的衣服，使她的内衣检查起来数目相同。"

"用什么证实那是用来做罗珊娜的睡衣的呢？"我问道。

"从她买的料子。假如是做范林达小姐的睡衣，她还必须买花边、饰边等。只有一段平常的布料，恰证实是用来做仆人的睡衣的。问题是她为何要把那件沾了漆的睡衣藏起来，而不是烧毁它？假如她不告诉我们，我们就只有去查看颤动沙滩上那个藏东西的地方了。"

"您打算如何找呢？"我问他。

敬爱的读者，我也不想卖关子，不妨先在这儿告诉你：依据克夫探长的经验，在罗珊娜的身上必定带有藏东西地方的手记。

"好了，贝特里奇先生，"克夫探长继续说，备忘录"我们还是谈正事吧，乔依斯在哪儿？我命令他看着罗珊娜的。"

乔依斯是弗里辛霍的警察，是西格雷夫局长留下来供克夫探长支遣的。他这话音刚落，时钟就敲了一下，而接雷茜尔小姐上姨妈家的马车按时来到了大门口。

"事情要一件件地处理，我有话必须先跟范林达小姐说。"克夫探长说着打了个手势，让塞缪尔从马车后部的跟班座上下来，到他面前去。

"一会儿你会见到我的一个守在树林的好朋友，"他说，"他不用挡住马车就能跳上跟班座，坐在你身旁，他不会危害你，你只管不出声，装作毫无知情就行了。"

交代完毕，他便让塞缪尔回到自己座位上去了。事情很明朗，雷茜尔小姐将被私下监控了，在她母亲的马车的跟班座上，她的身后，将有一个眼线！

夫人第一个从屋子里走了出来，她默不作声，站在最高的一级台阶上，像座雕像般静静站着，等待她女儿出来。

一会儿，雷茜尔小姐下楼来了。她装扮得十分美丽，头上戴着一顶时髦的帽沿有一层白面纱的小草帽。帽子下面，一头乌黑秀丽的头发露出来，像光滑的绸缎。那张美丽的面容，除了眼睛和嘴唇外，还和平常一样。她的眼睛显得比平常明亮、恶狠，两片嘴唇煞白，也毫无笑声，我几乎认不出她来。她匆忙吻别了自己的母亲，说："谅解我吧，妈妈。"话毕便用力地扯下面纱，遮挡了脸，因为用力过大，面纱都被扯破了。不一会儿，她就上了马车。

克夫探长的动作简直跟她相同快捷，她上马车的时候，他正好赶到车子身旁。

"小姐，在你走以前，我有句话想跟你说。就眼前的情形来看，你这样一走，我寻找你的钻石来就更困难了。请你再三考虑一下，自己拿定主意，到底是走还是留呢？"

雷茜尔小姐对他的话毫不理睬，"马上走，琼斯！"她对赶车的高声说道。

探长一声不吭，便关上了车门。他刚关上车门，就见到弗兰克林先生从台阶上跑了下来，"再见了，雷茜尔。"他伸出手来说。

"赶车走！"雷茜尔小姐更高声地对车夫叫道，也未理会弗兰克林先生，就像刚才对克夫探长那样。

弗兰克林先生惊讶不已地后退了一步，马车赶过去了。

"请最后再帮我一回吧，贝特里奇，"弗兰克林先生满含热泪，扭过头来对我说，"马上送我上火车吧！"不一会儿，雷茜尔小姐把他弄得完全心灰意冷了，至此看来，他是那么地爱她！

"弗兰克林，你临走前，去我那里一趟，"夫人带着哭音说，话毕就上楼回房间去了，弗兰克林先生也独自走进屋去。只剩下彼此相对的我和克夫探长。他双手插在口袋里，径自地轻轻吹起了《夏天的最后一朵玫瑰》。

"此刻你还有心情吹口哨？"我气愤地说。

这时，马车已跑远了。而马车后面的跟班座上，已多了一个人，坐在塞缪尔的身旁。

"好吧！"探长说道，"是解决这件事的时候了。我们还是先从罗珊娜·斯比尔曼开始吧。乔依斯在哪儿？"我听了急忙派了个小马夫去找他。

"我对范林达小姐说的话你听到了吗？"在我们等乔依斯的空间，探长说道，"她那副心态你看到了吧？和你家小姐一同在她母亲马车里的，还有一个伙伴哩，贝特里奇先生，它就是月亮宝石。"

我一声不吭。

小马夫回来了，身后跟着郁郁寡欢的乔侬斯。

原来乔侬斯找不到罗珊娜了，他已经有一两个小时，未看见她了。

"你还是回弗里辛霍去做你该做的工作去吧，"探长平静地说，"我看，你的能力对我们这一行毫无用处，乔侬斯先生，拜拜了。"

那人自己也无精打采，通红着脸走了。我听说罗珊娜已经消失了，不由惊讶了。

"不，贝特里奇先生，"探长好像已明白了我的心事说，"你的那位年轻朋友罗珊娜，肯定不会如你想象的那样轻而易举地逃脱我的控制。只要我清楚范林达小姐在哪儿，就能找出罗珊娜的踪迹。昨日夜里，我阻挡了她们的见面，妙极了。那么她们肯定会在弗里辛霍会面。我们索性就到范林达小姐去的那家公馆查看。还有，请你再把仆人聚集起来吧。"

"上帝啊，您找我们要干什么？"我问道。

"罗珊娜只会做两件事，"他回答说，"一是去弗里辛霍，二是去颤动沙滩她藏东西的地点。第一得查清哪个仆人在她最后出门前见到她。"

最终查清，最后一个见到罗珊娜的是厨娘南茜。

南茜看到她手里拿了纸条跑出门去，还听到她托肉贩把信带到弗里辛霍去邮出。那人瞧了瞧信封上的收信地址说："给柯伯洞的信不必到弗里辛霍去邮，那样的话要天天才可以收到。"罗珊娜说多长时间寄到都无关系，于是那人就允诺帮她去寄了。此后，就再没人看见罗珊娜了。

"嗯？"我问道。

"嗯，"探长说，"我应该去弗里辛霍一趟。这证实那封信是藏东西地方的手记，我应该去邮局瞧瞧信封上的收信地址。假如如我所料，那下周一，我又要去拜会我们的朋友约兰特太太了。"

我陪同探长去备马车。在马厩的院子里，我们又发现了一条关于罗珊娜的新线索。

第十九章

仆人们都清楚了罗珊娜消失的事。我们有时雇来花园工作、一个绰号叫"笨蛋"的小孩，在半个小时前曾见到罗珊娜。他在枞树林里看到那女孩从一旁过去，但她不是走过去，而是奔跑向海岸的方向。

"笨蛋，"探长说，"你想挣一元钱吗？要是想挣，那就跟我走吧。贝特里奇先生，备好马车，等我回来。"

他急速地一直向颤动沙滩的方向跑去。小笨蛋大喊一声，快速跟了过去。

我突然觉得一阵不知所措的不安，心慌意乱。我几乎没留意探长已经去了多长时间，就见小笨蛋快速跑回递给我一张纸条，上面只有一句话："请即送来罗珊娜·斯比尔曼的靴子一只，急速为盼。"

我叫到一个女佣，要求她马上到罗珊娜屋子去拿靴子。我要那小孩先回去告知探长，我马上亲自带靴子赶过去。这虽说达不到探长命令的急速要求，但我必须亲眼瞧一瞧究竟发生了什么事。假如有必要的话，我还要保护那可怜的女孩。

我刚靠近海岸，突然乌云遮日，白茫茫的大雨倾斜而下。后来，我见到了汹涌澎湃的海面和克夫探长孤独地站在海滨的身影。他的脸色煞白，我看到他的眼神很胆怯。他一把抢过我手中的靴子，把它放进通向岩壁的沙滩上的脚印里，两者竟然完全相同。

我抓住他的手臂，尽力想跟他说点什么，却无话可说，就像刚才一样。他沿着脚印径直向前，一直走到沙滩跟岩壁连接的地方。他发现脚印朝向同一方向——一直朝向岩壁，却看不到从那儿回来的脚印。

最终，他终于不再找寻了。他依然一声不吭，又向我瞧了瞧，随后便关注着我们面前的海水。海水漫过了那片流沙，越涨越高。我沿着他的视线看去——凭他的脸色，我能猜出他心里想的是什么。

"她到藏东西的地点来过了，"我听到探长自顾自地说，"在那些岩壁之间，她遭到了要命的事故。"

　　我眼前马上浮现出罗珊娜那异样的神气和谈吐举动，同时我也清楚，探长并没有料想到这可畏的事实。我想说："探长，她是自作自受啊。"不！这话始终是说不出口。我忽然感到浑身急剧发抖，脚一软，就坐倒在海滩上了。我仿佛看见了那个女孩，就像我找她回家去的那天上午在这儿见到她的情景一样。我又仿佛听到她在说话，告诉我说，颤动沙滩好像把她身不由已地给拉了过去。

　　探长关怀地把我扶起来，并让我扭过身去，背向她葬身的地方。我往沙丘那儿看去，发现几个男仆和那个叫约兰特的渔夫，一同向我们跑来，大声叫嚷着问我们是否找到了那个女孩。探长大致地告诉他们说，她想必遭到要命的意外了。我一听这话，就不由脱口而出："不是意外，"我对他说，"她上此地来，是寻死的，是到这儿来了结生命的。"每个人都默不作声。后来，探长问约兰特："潮退后，能不能找到她呢？"约兰特回答说："完全无望。被这沙滩吞没，就绝不会被再吐出来了。"

　　我们在沙丘那儿遇见了从公馆跑来找我们的马夫。那小伙子交给我一封信。"佩妮洛普命我送来的，贝特里奇先生。"他说，"是她在罗珊娜房里找到的。"

　　这是她的遗嘱，留给了一个以前尽力关照过她的老人：

> 　　贝特里奇先生，您之前常常原谅我。下回您看见颤动沙滩，就请再原谅我一回吧。我已在等待我去的坟墓那儿找到了归宿。我活过了，死了。先生，谢谢您的一片善心。

　　纸条上就寥寥数语。即使就简短几句话，我还是无法自控地哭了起来。当你年纪小的时候，刚刚来到世上，容易掉泪水；可当你年纪大了，即将离开世俗时，也一样容易掉泪。我不禁放声痛哭起来。

　　我们冒着倾盆大雨往家走去。公馆里人心慌张，忐忑不安的人们，正在等待我们哩。

第二十章

公馆里仆人们一片慌乱。我们刚走过夫人的房门，门就被猛然打开了，被吓得差点丧失理智的夫人，走到我们之中。

"你应当对这件事负责！"她对探长气愤地喊道，"加百列！付钱给那个家伙，我不想再见到他！"

我们几个人中，只有探长自己仍然保持平静。

"夫人，我跟你相同，无法对此事负责，"他说，"假如在 30 分钟内，你仍然坚持要我离开，我就接受你的辞退，但是我不可收你的钱。"

这话说得十分尊敬，但也非常坚定。夫人听了，态度果然变了，她让弗兰克林先生扶她回房去了。

还不到 30 分钟，夫人的铃声响了。

我往夫人的房间走去。半路上遇见刚从夫人卧室出来的弗兰克林先生，他说夫人想在我面前接待克夫探长，他又补充说，他想跟克夫探长聊一会。

"先生，你真的预备离开这里吗？"我问道，"雷茜尔小姐最终会了解的，你要给她时间。"

"她听说我走了，也许再也不会见面，然后，她就会领悟过来的。"弗兰克林先生说。

自从警察介入公馆开始调查，一提到弗兰克林先生，露茜尔小姐就会怒火冲天。他发疯地爱着他的表妹，直到她坐车去姨妈家，事已至此，他才相信这一点。这就是弗兰克林先生为何决定离开公馆了——个性坚强的他，别无它法。

他在我面前把要对探长说的话都说了。他说，夫人对她刚才粗鲁的语言感到歉疚，她请求克夫探长接收这笔钱，并以后不要管钻石这个案子了。

"不，先生，我要完成我的任务。任务还没完成，绝不可收钱。"探长说。

"我真不明白你。"弗兰克林先生说。

"我得说明一下，先生，"探长说，"起初我来到这儿，就意味着查明钻石丢失案件是我的职责。我此时正在执行这项职责。在我对范林达夫人说明我如何找回月亮宝石之前，我的任务都不算完成了。请夫人决定要不要我接着查下去。我要到我完成我的任务时方可收钱。"

他的观点明显是对的，所以也不用多费口舌，于是我和克夫探长来到夫人的屋子。

上回我们跟她交谈时，她总是盯着桌上的那本书。这一次有很好的改变，她的目光深沉，像探长一样，并始终关注着对方。

第二十一章

我们坐了下来，夫人首先开了口，来了个开场白。

"克夫探长，"她说，"假如我得罪了你，还请你多多谅解。"

她的语气和态度对探长起到了理想的效果。他要求夫人让他说明，他尊敬地说，他对这件自杀事件无法负责。这次查案的成功之处，在于他完全没有吓唬过罗珊娜，也没有做过让她惊慌的举动。他说的是事实，我能够证明。

"我对这年轻女孩自杀的原因略有耳闻，或许那是事实。但是这动机跟我侦查的案件毫无联系。第二，我还有另外一种想法。我以为，那可怜的女孩由于承受不了心中的某种忧愁，逼她走上这条不归路。钻石丢失引起了这忧愁。她的忧愁是什么我不明白，但是我相信有一个人能如实判定我的想法。"

"是此刻在公馆里的人吗？"夫人问道。

"这人已经离开公馆了，夫人。"

大家都默不作声了，我还认为这片沉默将一直保持下去呢。

"你是说我女儿吗？"夫人最终开口问道。

"是的。"探长回答。

我们进屋时，夫人原先是把钱放在桌子上的，不必说，必定是想付钱给探长。此时，她把钱收回抽屉。看到她那可怜的哆嗦颤动的手，我心里感到很难过。

"我原来希望你不要确切说出范林达小姐的名字，付给你钱，请你远离这儿，"夫人面无表情，坦坦荡荡地说，"但你此时话已说明，无法再收回了。为了我和我孩子的声望，你只有留在这儿说明了。"

"要我讲出来，同时你也完全相信，这可是相当为难的事。"探长说。

"假如我带头先勇敢说出来，或许你就可能不那么为难了。"她说，"你怀疑范林达小姐欺骗了所有人，为了某种私人想法，把钻石给隐藏起来，对吗？"

"确实是这样，夫人。"

"妙极了。呃，在你开始讲以前，我要以范林达小姐母亲的身份明示，你假设她全部的举动，都是毫无根据的。我以为，在破案过程中，你必定是让一些状况诱导了。我清楚我的女儿。"

她向我扭过身来，向我伸出一只手，我私自地亲了一下。"你继续说吧。"她对探长说。

克夫探长鞠了一个躬。他的脸色突然变得温顺起来，好像为她感到难受。但是很显然，夫人的明示，毫无动摇他的自信心。

他对夫人说，作为相信的人，他受雇办理丑闻事件有二十余年。因为他在这方面经验丰富，所以他清楚赫赫有名的富家小姐通常有私人债务，并且都不愿让亲人们知悉。关于这件钻石丢失的案子，吸引他疑心的事情是：雷茜尔小姐只要看见弗兰克林先生、西格雷夫局长和他探长本人，就大发脾气。也可以说，就是见了这三个尽力帮助她找回丢失宝石的人，就要发怒。探长依着丰富的经验，可以明白范林达小姐这种让别人无法明白的举止。这举止说明，她私下欠了债务，并且非还不可。总结是——钻石已被私下隐藏了，想用来归还债务。他问夫人有没有反对意见。

"我已经讲过了，"女主人回答说，"有些状况使你产生误会了。"

探长继续说下去：作了这个总结之后，他决定进行检查。他曾请求查看每个人的衣服，只有范林达小姐回绝查看她的东西。他还曾说明范林达小姐，她这一走，他更困难找回月亮宝石了，可她毫不理睬，径自坐车走了。要是她未隐藏钻石，那这些举止如何解释呢？

夫人和我一声不吭。

"我对范林达小姐起了怀疑以后，"克夫探长接着说道，"我就得查清在仆人中是否有她的合谋，那就是罗珊娜·斯比尔曼了。罗珊娜送洗衣账册来时，我就认识她了。我一看到她，就疑心她跟宝石丢失有关。请夫人不要认为我对那可怜的女孩有偏见。假如这是件平常的偷盗案，我也就不会怀疑她了。但是这件案子——在我眼里——是一件细心策划的骗案，主谋就是钻石的主人。依我之见，问题就出现了：范林达小姐骗得我们大家以为月亮宝石已经丢失，这就充足了吗？还是想更进一步地要我们确信宝石已经丢失？在第二起事情上，就出现了诱导我们的罗珊娜。

"我疑心罗珊娜的第二个理由是，谁能帮范林达小姐私下把钻石换成现金呢？肯定是罗珊娜。范林达小姐必需另一个中间人，罗珊娜恰是她适当的人选。她是小偷时，结识巴黎那些放高利贷的人中的一个，她把月亮宝石这样一件珠宝抵押给那个人，顺利地借出许多钱。这一点不容忽略，夫人。此时我就告诉你，罗珊娜的举动怎么证明了我的疑心。"

敬爱的读者，以后，他便把你我之前已清楚的那些事情，完完全全地告知了夫人。他所讲的全部，令夫人惊讶不已。

探长讲清整个案件后，说："要完全查明这件案子，只有两个方法，一个稳稳当当，另一个是勇敢尝试。除此之外，毫无办法。究竟要如何，就请夫人做主吧。"

夫人让他接着说下去。

"我们先讲万无一失可能的办法。不论范林达小姐身在哪儿，我都想秘密关注她的所有举动——关注与她来往的人和她来往的信件。"

"以后呢？"夫人问道。

"以后我须得到你的同意，介绍一个人来府上工作，代替罗珊娜女仆的职位，她擅长私下调查这类事。"

"以后呢？"夫人又问道。

"这也就是最后一步，我将派一个警官，去找我之前提起的那个放高利贷的人聊聊。这个放债人的联络途径，范林达小姐早已从罗珊娜口中知道了。这样一来，我们以月亮宝石为中心设下了一个陷阱，随后再进一步把它收紧，最后就能证明月亮宝石的确是在范林达小姐的手里了。"

我首次听到夫人怒火冲天的说话：

"这是不可能被接受的，"她说，"接着讲你的第二个破案办法吧。"

"我预备做一个勇敢的试验。我看，我已经明白范林达小姐的脾气了。她是个急躁脾气，又不擅长于骗人，在小事情上必定显露真性情，依据她的这种个性，我想出了这个方法。我计划出乎意料地给她一个恶狠的打击，冷不丁告诉她罗珊娜死了，希望她能真情表露，说出全部情况。夫人允诺这么做吗？"

夫人的回答令我惊讶不已，她听后马上说：

"嗯，我答应。"

"已经预备好马车了，"探长说，"拜拜了，夫人。"

夫人伸出一只手，把他拦了下来。

"我女儿肯定会真情表露的，"她说道，"我作为她的母亲，有权亲自去办理这件事。你就留下来吧，我去弗里辛霍。"

万事通的克夫探长，生平首次像平常人一样被惊得张口结舌，呆在那儿。

"我能够向你允诺两点，"她在大厅里对克夫探长说，"我肯定会像你亲自出马一样，勇敢地试验范林达小姐。第二，在今夜去伦敦的末班火车开车之前，我肯定会告诉你试验结果。"

第二十二章

夫人走后，我这才想起克夫探长。我找到他时，他正坐在客厅里，翻看着笔记本。

"在为这个案子作记录吗？"我问道。

"不，"探长说，"瞧瞧我的下一次买卖是要做什么。"

"哦！"我说，"你以为这件案子了结了吗？"

"我觉得，范林达夫人是最英明的英国女人，"探长回答说，"我以为一朵玫瑰花比一颗钻石更美丽。你看到园丁了吗，贝特里奇先生?"

他没有再提起钻石。一小时后，我听到他正和园丁在花园里辩论玫瑰花的事呢。

马车回来了，惊讶的是，比预料时间整整提前了半个小时。夫人决定在她姐姐家小住。马车夫把夫人的两封信捎回来了，一封是给弗兰克林先生的，另一封是给我的。

我把弗兰克林先生的信交给了他。我就在自己的房间里拆看给我的信。拆开信，一张支票就从里面掉了出来，我马上清楚克夫探长要终止调查月亮宝石的案子了。我马上派人把探长请了来，让他把信看了。

> 我的好加百列，请告诉克夫探长，说我依计划对范林达小姐说了罗珊娜的事。最终范林达小姐郑重表明，自从罗珊娜来到公馆，她就从没独自跟她说过一句话。钻石丢失的那天夜里，她们完全没有见过面，那之后她们也从未见过面。以上就是我依照那位警官的想法，试验我女儿后的结果。
>
> 随后，我又用诚心实意的口气跟她谈了话。我提示她说，她正在
>
> 使人们对她有了非常恶劣的疑心。
>
> 她很肯定地回答了我：她没有什么私人债务。自从星期三夜里，她在那个橱里放进钻石之后，钻石就不再在她手里，此刻也一样。
>
> 她不愿多说，"终有一天你会清楚我为何不在乎被人疑心，为何就连对你我也不说什么。我做了很多让我母亲担心我的事，可我绝不会做任何让我母亲害羞的事。"这就是我女儿亲口对我说的话。
>
> 请把这封信读给那位警官听，并把我附上的支票转交给他。转告他，我对他的诚实与理智十分相信，此时就更加肯定，在这件案子中，有些情景把他引入了错误的道路。

信到此了结。我问克夫探长还有其他想法吗，探长瞧了瞧支票说，数

目太大了，他得记住这件事，以后有机会，他要亲自向夫人道谢。

"您这是为何？"我问道。

"古语说，家丑不外扬，但它会在你毫无意料的时候出现。先生，几个月后，必定就会有新的月亮宝石的生意上门了。"

这几句话的意思就是，如此之见，雷茜尔小姐并未说实话，骗了她的母亲。

"克夫探长，"我说，"我以为您这话是在羞辱我家夫人和小姐。"

"贝特里奇先生，我反之以为这是对你的一种警惕，免得你远离主题了。"

我听了几乎是怒火交加，但是他回答我时，那种自信的口气，使得我无言以对。

为了让自己的心情安静下来，我走到窗口。谁知竟然见到园丁已等在院子里，他正想趁探长上车站去时，一路再跟他讨论栽培玫瑰花的问题。

"好了，好了，"探长对我说，"我们不要争辩了。我再也不想说你家夫人和范林达小姐一个字了。此时，我预备你当一回狂想家。临走之前，我要告知你三件事，并且在不久的未来，就会变成事实。"

"您说吧！"我说道。

"第一件，"探长说，"下周一，当邮递员把罗珊娜的信送到柯伯洞时，你就能够从约兰特家的人那儿听到某种消息。"

这几句话好像当头一棒。我万万没想到，雷茜尔小姐假如是被冤枉的，那么，罗珊娜的各种举动：缝制新的睡衣、藏起沾漆的衣服，等等，就根本说不通。

"第二件，"探长接着说道，"你一定还会再听到那三个印度人的信息。假如雷茜尔小姐在这儿，你就会见到他们在这儿，假如雷茜尔小姐上伦敦，你就会得知他们在伦敦的信息。"

这第二个预料我倒是相信，我相信小姐是被他们跟随监控的。

"此时说出那第三件吧！"我说。

"第三件，也就是最后一件，"探长说，"你迟早都会听到我说起伦敦那个放债人的一些事。把记录本拿给我，我把他的名字和地址写给你。"

于是他在一张纸上写下了："塞普蒂默斯·卢克先生，伦敦，兰贝斯区，米德尔塞克斯广场。"

这时，探长跟我握手分别，还邀请我到伦敦郊区的一座小屋去做客。他说在离休后将在那儿栽培玫瑰花，说着就走到了院子里。他和园丁一同走了，两人一路议论着玫瑰花的问题。见到他们的最后一面是，园丁正不住地摇着头，探长仿佛抓罪犯一样紧紧地抓住他的手臂。哦，好啊！好啊！即使从来都不太喜爱探长，但经过那件事情之后，我对他的看法有了极大的改观。

第二十三章

我担忧弗兰克林先生固执要坐当天夜里的火车走，因此就为他提前预备好了马车。他的行李刚拿下楼，弗兰克林先生就跟随下来了，还很明确地说，这是他长这么大以来首次拿定主意不再更改了。

"你肯定你真的决定了，先生？"我们在客厅里会面时，我问道，"为何不再过一两天呢？再给雷茜尔小姐一个机会吧！"

他没有回答我的询问，也没理会我话中的意思，只是把夫人写给他的信交给了我。信上说的大致是我清楚的事。但是信的最后还有一段是有关雷茜尔小姐的，这段话能够充分表明弗兰克林先生为何下如此大的决心了：

> 你肯定会感到惊讶万分，我如何会让我女儿隐藏住钻石疑案的真实情况。这疑案对雷茜尔来说是没什么怀疑的。我怎么能如此做呢？依照雷茜尔现在的状况来看，我也只能这么做。也不清楚她有什么样的目的，无缘无故地为她坚守这个秘密。她对任何事情都十分敏锐，也很轻易激动，看了真可怜。我暂且不敢再向她谈起月亮宝石的事情，只好等她心情安静下来的时候再和她谈了。

> 我对未来的打算是，带雷茜尔到伦敦去，一来是让她改变环

境安静安静，二来是找个好医生给她好好诊治。我不能请你到伦敦探望我们。亲爱的弗兰克林，你一定得学习我的这份耐心，像我这样，等机会好转了再说。目前这种状况，雷茜尔毫无办法理会——你只能同情她。我特别抱歉地对你说，你跟雷茜尔还是先分开一段时间为好。给她一点时间，你自己也想想，这是对你的忠告。

我把信归还给他，心里的确为弗兰克林先生感到难过，由于我明白，他是多么爱我家小姐啊！我也能看得出，这封信真使他悲痛欲绝。

"我带着那颗伤人的钻石到这儿来时，"他说道，无法想象英国还有这么幸福的家庭。可瞧瞧此时这副模样！弄得分道扬镳、四分五裂，连这儿的空气也让保密、猜测给吞蚀了！月亮宝石算是替上校报了仇了，贝特里奇！

说着，他和我握了握手走出屋子，坐上马车。

我们一同走下台阶。眼看他将远离他度过一生中最开心时光的地方，真让人感叹。

"告诉我们，您要去什么地方，先生？"我说。

弗兰克林先生忽然拉下帽子挡住了眼睛，"去什么地方？"他无精打采地说，"我也不清楚！"就这么一会儿工夫，他就走得毫无踪影了。他不论有多少多毛病，也做过许多傻事，但还是一位和蔼可亲的绅士啊！他离开了夫人的公馆，留下了一个坏的记忆。

星期六傍晚，我一边吸着烟卷，一边读着《鲁滨孙漂流记》，由此来振奋自己的精神，忘记那些不开心的事情。除了佩妮洛普外，仆人们全都在议论罗珊娜自杀的事，大家一致认为，是罗珊娜偷走了月亮宝石，她担心被人查明，竟然走上了这条不归路。

第二天是周日，马车空着从弗里辛霍赶回来了。马车夫带来了夫人亲自写的几条明示，命令我接着住在乡下，看守房子，命令女仆们在规定日期到城里去拜会夫人。而我总是挂念着弗兰克林先生说过的话，最后决定写了封信给他父亲的跟随杰夫柯先生，请他等弗兰克林先生一到伦敦，就立刻来信告诉我。

周一这天，对家里的其他人来说大概无关紧要，可是这个周一却带给我极大的震撼：克夫探长的第一个预料应验了——那天，果然从约兰特家传来了信息。

我刚送走女仆们，在院子里散着步，忽然听到有人喊我的名字。我扭头一看，原来是渔夫约兰特的女儿跛脚露西。这女孩不仅跛了一条脚，并且长得比较瘦弱。而我以为瘦是女人最大的毛病，但在男人的眼睛里，或许还有几分姿色。她有一张黝黑的脸、一双机智的大眼睛、一头美丽的棕色头发，然而她的脾气却特别坏。

"叫作弗兰克林·布莱克的那个家伙在什么地方？"这女孩凶恶地看着我问道。"他是个害人精！他是个害人膏！他杀害了罗珊娜·斯比尔曼！"她提高嗓门大声喊道。

"他杀害了罗珊娜·斯比尔曼？"我惊异地问道，"你为何会这么说，露西？"我尽力用最平和的语气跟她说话。我不但看出了她的暴脾气，也看出了她的痛苦。我这副平静的心态，倒使她略微镇静了下来。她告诉我说，她爱罗珊娜，她们俩曾想一同去伦敦，如何姐妹般的一起生活。但是自从那个家伙出现后，罗珊娜根完全被他迷惑了。"唉，露西，没有他，我就活不下去，他连看都不愿看我一眼。"这是罗珊娜常常说的话。就在这天清早，露西收到了她跟她告别的信。

"他在什么地方？"那女孩又大声地喊道，"那家伙到底在什么地方？哼，贝特里奇先生，穷人起来反对富人的日子即将来临，但愿他是第一个！"

"你要找弗兰克林·布莱克先生干吗？"我问她。

"我有封信要转交他！"

"是罗珊娜·斯比尔曼给他的？"

"是的！"

"附在给你的信里邮给他的吗？"

"对啊！"

"你找不到弗兰克林先生了。我的意思是说，他昨日夜里就去伦敦了。"

跛脚露西凶恶地看着我的脸，她看出我说的是真话。她一声不吭，扭身就朝柯伯洞方向走去。

"站住!"我说,"把信给我,我来邮给他。"

跛脚露西回头朝我瞧了瞧,"假如他想看到这封信,就应当亲自来拿。"说着她就一瘸一拐地朝柯伯洞走去了。这时我对那封信产生了极大的兴趣。可是只有一个办法——写封信给弗兰克林先生碰碰运气,或许明日清早就能见分晓。

你不难想像,在周二的清早,我等着邮差的心情是多么急躁啊!他给我邮来两封信。一封是佩妮洛普写给我的,信上说,夫人和雷茜尔小姐已经平安抵达伦敦。另一封是杰夫柯给我的,他告知我说,他家少爷已经离开英国了。

原来,弗兰克林先生一到伦敦,就径直去他父亲那儿。但他来得确实不是时候,老布莱克先生正忙着下院的公事,正在调查一份有关"秘密议案"的文件。杰夫柯把弗兰克林先生带入了他父亲的书房。"我亲爱的弗兰克林!出什么事了吗?""对,雷茜尔出事了。""真可惜,但是我目前没有时间听你说。""那您何时有空听我说?""乖儿子,我确实未骗你,只有等这届议会开完后,我才能听你讲呢。晚安。""感谢您,爸爸,晚安。"

以上就是那次书房里的谈话。关于书房外面的谈话,比这还要简略。"杰夫柯,去看看明日清晨火车几点钟开?""出国吗,先生?""早班火车开往什么地方,我就去什么地方,杰夫柯。""您要我告知您父亲吗,先生?""是的。等这届议会开完后再告诉他。"

第二天清早,弗兰克林先生就起程出国了。他到底去哪儿,没有人清楚。

这消息一传来,我就无法见到那封信了。罗珊娜给弗兰克林先生的信中到底写些什么,也就无法知晓了。跛脚露西手里的是封密封信,这对我和其它人来说,却始终是个秘密。

周二传来弗兰克林先生离开英国的信息。周四,佩妮洛普又回信告知我许多的新闻。

我女儿告诉我说,把伦敦有名的那几位医生都请来给小姐诊治病。

他们只简略地说让她放松放松、开心，便挣走了一百元①。让夫人万没想到的是，雷茜尔小姐竟迷恋上了歌剧、舞会和花展。高弗利先生去探望她们，他明显还像以前那样爱他的表妹。佩妮洛普感到十分迷惑的是他竟然受到十分热情的欢迎。信中还说到范林达家的一个家庭条件不富裕的亲戚——克拉克小姐。佩妮洛普觉得怪异的是，直到目前为止，克拉克小姐也没去探望过她们。提起这个人只有一个原因，等你读完我写的东西之后，就明白克拉克小姐了，也能见到她写的文章了。要是你看到她说起我，请你不要相信她。

周六，这个星期的末一天，也是我这个故事的末一天。

清早，邮差先生竟然给我送来一份伦敦的报纸。上面写收件人姓名、地址的笔迹，起初我毫无印象，但随后才想起原来是探长克夫的笔迹。看到是克夫探长邮来的，我细心地把报纸从头读到尾。其中有一段警方公布，周围用圆珠笔画了圈圈，现摘录如下：

> 兰贝斯信息：法庭休庭不久后，出名古玩商塞普蒂默斯·卢克就向法官请求。卢克先生说，他每日不时遭到三名印度流浪汉的打扰。这三个人即使暂且让警察给驱走了，然而他们依然接二连三地回来打扰他。卢克先生担心有人企图抢夺他的家财，由于他收藏了许多稀世的珍奇异宝。近来，他还曾辞去了一名有企图偷窃的熟练工人（印度人）。法官宣布，如那几名印度人试图再强硬闯进，卢克先生马上将他们送交法官处置。鉴于卢克先生拥有许多珍宝，特授令警察给予非常警戒。卢克先生向法官道谢后便离开。

这是我这篇真实描述的事情的终结了。在月亮宝石这件案子上已经连续发生了几件怪事，此时我们将要以一件最让人难以想象的怪事当作终结——即克夫探长的三个预料，在不到一周之内，居然全部应验了。

---

① 英国从前通用的一种金币，等于21先令。

　　我的关子就卖到这儿，无办法，必须让你依然蒙在鼓里。他们不许我在这一段里把当时我了解的另外一些事也讲出来，说清楚一点，就是说，他们要我严格遵从这样一个规定：只限于写自己的一些事情，不许我把我还了解的另外一些事也讲出来。

　　印度钻石的魔舞已经跳到伦敦去了。你应当跟随它去伦敦，抛下我，让我住在乡下的老宅里吧，拜拜！

第二部　真相大白

（一八四八——一八四九）几个故事中叙述的种种事件

第一个故事

已故的约翰·范林达爵爷之表侄女克拉克小姐撰稿

—

幸亏在我少年时代，我亲爱的父母（他俩已升入天堂）教育我养成了做事井井有条的习惯。

在那段开心的日子里，他俩教育我，头发要保持整洁，临睡前要仔细地把衣服叠整齐，放在床边的一张椅子上。叠衣服以前，我依然要先把当天的事全部记在我那本小日记本里。叠好衣服后，我还依然要唱一遍《晚祷歌》。唱完《晚祷歌》，我就能够深入到少年时代的那种酣睡中去了。

近年来，我仍旧叠我的衣服，接着写我的日记。前一种习惯，让我记起爸爸倒闭前我那段开心的少年生活；后一种习惯，没想到竟然对我产生了极大的作用。依着它，让我这个身无分文的人能为表婶娘家一位很富有的人效劳，我才得以协助弗兰克林·布莱克先生，真的特别幸运。

我已经许久没有听见我那些姻亲的信息了。在我们身无分文、家破人亡的时候，常常是没人想到我们的。为了节省开销，眼下我只能住在布列塔尼①的一个小镇上。我总算收到了一封从英国邮来的信，没料到居然是弗兰克林·布莱克先生忽然想起了我这个不足轻重的小人物。我这位富有的亲戚（但愿他在精神上也富有）竟坦坦荡荡地在信上说，需要我的帮忙。他想再次提起那件骇人听闻的月亮宝石的见不得人的事，让我帮助他，把我在伦敦范林达夫人家里做客时的全部情形都写出来，他付我钱——他带着富人特有的那种直爽态度说。我得再次打开那时候老人还未治好的伤疤，这样做了之后，我不得不承受布莱克先生用钱来补偿我所受的新的伤口。我生来志向薄弱，经过一番剧烈的思想斗争后，基督徒那种恻隐之心，还是制止不了我的自尊心，我收下了钱。

假如没有那本日记本，我真不知道是否可以轻松自在地挣到这笔钱。我在亲爱的范林达表姊家里做客期间，没有一件事能逃过我的眼睛。当时的所见所闻，我全都每日地描写下来了。全部内容，甚至连最小的情节，都将在本文中给予描述。你会看见，本文说的全是实情。布莱克先生购买了我的日记，但是，不论他出多少钱，也购买不了我的良心。

依照我日记上的记录，一八四八年七月三日，周一，我偶尔地经过范林达表姊的公馆。

看见百叶窗开着，我认为应该按礼节上门拜访一下。听见声音，开门的人告知我说，表姊和她女儿（我可不能把她叫作表妹）上周刚从乡下回来，计划之后长期生活在伦敦。我马上请那人帮我捎话进去，打听她们有没有要我效力的地方。

开门的人耐心地听了我的话，后来便把我留在客厅里，径自地进去了。她是一个名叫贝特里奇的无德的老头的女儿，我表姊家对这号人确实太骄纵了。我坐在客厅里等候着消息——我的手提包里常常放有几本经书，我选了一本相对适合的，计划给开门的人瞧瞧。这本经书是特给年轻女子看的，谈的是衣着华丽的罪过问题，书名叫作《跟您谈谈您的帽带》。

"夫人十分感激您，她请您明日午后两点钟过来吃个便饭。"

我对她那种自高自大的态度不计较，向这个年轻的异教徒说了声谢

---

① 法国西北部的一个半岛。

谢，而且用基督徒那种关怀的语气对她说："请你赏脸收下这本经书好吗？"

她瞧了瞧书名，便把经书归还我，还为我打开了门。不论怎么，我们都得宣传福音呀！等到门枰的一声把我关在门外，我就暗自地将那本经书塞进信箱。把书塞进去后，我才感到放心。

那天夜里，我们修改童装母亲协会的委员会要召开会议。这个慈善团体的义旨，全部好心的人全都了解：就是把父亲的裤子从当铺里拯救出来，随后按他们那些无辜孩子的身材修改。

我也是该委员会的委员，我在这儿顺手加上一句，是由于我有一位特别值得敬佩的朋友高弗利·艾伯怀特先生，也加入我们这项造福人类的工作。我原认为在委员会上我会遇到他，还计划一见面就告诉他，亲切的范林达表婶已经到达伦敦。但万万未料到，他竟然没有来。在我因他未来而感到惊诧时，委员会里的姐妹们全部丢掉手里的工作，抬起头来问我有没有听到什么消息。后来，她们就告知了我此事，也能够这么说，这件事是这个故事的开端。上周五，两位有名望的人、不同社会地位的人——都遭遇了一次暗害，这事在伦敦造成了特别大的影响。两位中，一位是家住兰贝斯区的塞普蒂默斯·卢克先生。另一位就是高弗利·艾伯怀特先生。以下就是她们在那个周一傍晚讲给我听的事。

那是一八四八年六月三十日，周五。

在那个令人留恋的清早，这位出色的高弗利先生，恰巧在伦巴第街①的一家银行取钱。办完事，他自顾自地向大门走去。在门口，他撞到了一位先生，毫不相识，但这位先生也刚好在这时离开银行。他们十分和气地彼此谦让了一番。高弗利先生先走出大门，他说了几句道谢话，随后就在街上点头离别。

不留意细节的人大概会以为这只是小事一桩。年轻的朋友，兄弟姐妹呀！让我告知你们吧，这种小事往往会闹出让人无法想象的糟糕的结果来。这件事也是这样，让我来告知你们，那位十分和气的陌生人，就是家住兰贝斯区的卢克先生。此时，我们先讲讲高弗利先生回到他在基尔本的

---

①　伦敦金融中心。

家里的大致情景。

　　他在门厅里看到一个十分可爱、纯真的小男孩在等待他。男孩递给他一封信，是位老奶奶要他拿来的。男孩说他不认识那位老太太，她也没说要等回信。高弗利先生送走男孩以后，就拆开信来看。信上邀请他在一小时内去诺森伯兰街的一户人家。可他却一直没有到过那儿。那儿有位老太太想要明白修改童装母亲协会的状况，她将要援助许多钱给这个协会。

　　对平常人来说，应邀去访问一个陌生人，事先或许会感到忐忑不安，但是，一个基督徒英雄去做好事时，是肯定不会退缩不前的，高弗利先生立刻就出发到诺森伯兰街的那户人家去了。一个体面并且微胖的男人答声来开了门，随后带他上了楼，来到后楼的一间空屋里。他一进房门，就发现两件怪异的事，一是房间里有一股麝香味儿，是桌上打开着一本用印度文写的古代东方草稿。他正盯着那本打开的书，忽然有人从身后勒住了他的脖子。勒住他脖子的是一只棕色的光手臂。不一会儿，他的眼睛就被遮住了，嘴也被堵塞了，还被两个人打倒在地上，第三个人把他全身上下搜索了一遍。那人一声不吭地搜索完之后，这几个未见的歹徒也不知用什么话商谈了片刻，口气显然带有既绝望又恼怒的语气。忽然，他又被打倒在一把椅子上，手脚全给绑在了上面，随后继续他们就把他一个人扔在房间里走了。

　　不多久，他便听到有女人衣服的窸窣声，还有一个男人上楼来的脚步声。高弗利先生以为来的是善人，在帮忙松解他眼睛上的绑带，并取出堵在他嘴里的东西。"这是怎么回事？"他对两个体面的陌生人问道。那两人向他瞧瞧，说道："我们正惊奇要问你呢。"接着他们就作了一番说明。

　　原来这是房东夫妇俩，他们把一套房子租给了一位特别体面的先生，就是刚才高弗利先生敲门时答声来开门的人。这位先生以前交了七天的房租，说是他的朋友、三个贵族的东方人要租这件房间。出事的这天清早，就来了两个陌生的东方人，在他们这位英国朋友的陪同下，来到这儿。高弗利先生到来前不超过十分钟，三个外国人就来了。随后，房东夫妇俩见到那三个东方人跟他们的英国朋友一同出去了，可是他们没有看到清早前来访问的客人一起出去，他们便感到怪异，就上去瞧瞧是不是出了什么事——房东夫妇的说明就到此了结。

他们在屋子里瞧了瞧，看见高弗利先生的东西毫无失踪。

此刻，我们暂时不说高弗利先生，让他在诺森伯兰街冷静冷静，得先讲讲卢克先生的遭遇，那是当天午后的事。

卢克先生走出银行回到家里，看见有封信，这信是一个小男孩拿来的。他不认识信的笔迹，但是写信人倒是他的一位老客户。写信人要卢克先生立刻去阿弗雷德广场他的住所去谈笔买卖。这是位非常喜爱珍藏古代奇珍异宝的先生，多年来从来是卢克先生的老主顾。卢克先生雇了辆马车，不加思索，就马上出发到那位富贵的主顾家里去了。

刚才高弗利先生在诺森伯兰街的遭受，目前卢克先生在阿弗雷德广场也一样发生了。同是那位体面的男人答声来开了门，这次也是一份古代东方的草稿放在桌上，他一样也被打倒在地，全身上下被搜了个遍。他也是让房东给解了绑。刚才那个房东给高弗利先生作了一番说明，目前阿弗雷德广场的房东，给卢克先生也作了一样的一番说明。两者所不同的是，卢克先生的东西从地上拾起时，他的手表和钱包毫未动过，不过有一张收单不见了。这收单是那天卢克先生把一颗珍贵的宝石保存在银行后，银行开具的一张收单。歹徒们拿了这张收单毫无作用，由于只有物主才可以从银行里取出这颗宝石。卢克先生刚才还在气恼，但瞬间就前往银行，盼望歹徒们也会去那儿。但是他们从来没有露面。

这两件案子都向警察局举报了。警方以为这两件案子都是有计谋的，并且还解释歹徒们事先得到信息并不是很正确。他们显然不能确信是卢克先生亲手把宝石保存进银行的，还是请别人代替的。高弗利先生因此被他们盯上，是由于他们听到他跟卢克先生的交谈。

周二，我应邀前去吃午餐。亲切的范林达表姊跟平常相同热情地招待了我。但我马上就发觉其中有些奇怪。她每时每刻担忧地察看着女儿。之前我见到雷茜尔，每次都心想，家境如此富裕的父母，怎么会生出如此一个举动粗鲁的女儿。这一次，我见到她不仅失望透顶，并且还惊讶不已。她的谈吐和举止完全不像个小姐，毫不检点。她当时十分开心，刚吃完饭，她就说："我要去书房了，妈妈，但是要是高弗利来了，你一定告诉我一声。我特别渴望多听到一些有关他遇险的消息哩。"她在她母亲额上亲了亲，对我满不在乎地说了句"再见，克拉克"。她这副骄纵自傲的模样，倒并没有使我气恼。我只不过是暗自记在心里，预备之后为她多做祷告罢了。

到了只剩下我们俩的时候，表婶就对我讲了关于印度宝石的那个可畏的故事。这件事我就不必在这儿重提了。她假如不告诉我也没用，由于这件事早已闹得众所周知了。

有些人听到我此时听到的情况，或许会万分惊讶，可我从小就知道雷茜尔，不论表婶对我说些什么，我早就心里有底，尽管这事越来越糟，援但最后弄出人命，我也会说，这一定是必然的结果！呵，哎呀呀！这是肯定的结果啊！这只有请牧师才能处理！范林达夫人却以为这应当请医生帮助。

"医生给雷茜尔介绍了许多运动和娱乐。"范林达夫人说。

"啊，这全是异教徒的哄人的话！"我心里默默想。

表婶继续说："但是高弗利遇到的这件怪异的事，竟弄得雷茜尔精神恍惚，忐忑不安。她顽固地要我写信给我侄儿高弗利，邀请他来这儿。她即使完全不知道卢克先生，但是竟然对他也产生了兴趣。"

"亲切的表婶，您比我懂得人世间的喜怒哀乐，"我谦诚地说，"但是，雷茜尔如此做，应该有个原因吧。难道她有一个不可告人的秘密一直隐瞒您？近来发生的这两件事，或许会暴露她的秘密吧？"

"暴露秘密？"表婶重说了一遍，"卢克暴露？还是我的侄儿暴露？"

就在这时，仆人打开了门，报告说高弗利·艾伯怀特先生来了。

二

"去范林达小姐那儿通知一声，"表婶对仆人要求说，"说艾伯怀特先生来了。"

我们两人一同向他问了好。

"我有什么事值得你们大家如此关心的？"他无比柔和地大声说，"我只是被错认为别人，让人遮住双眼，掐住脖子，压在地上罢了。事情或许还会更坏！说不准我会被暗杀，或者遭法劫！对我来说，我完全不愿把这次遭遇张扬出去，但是卢克先生却把他遭遇的事公布了，最后闹得我受害的事也众所周知。我成了报纸的热门新闻啦。这事让人烦极了。可爱的雷茜尔好吗？她过得愉快吗？我倒真想知道她的状况！克拉克小姐，真不好意思，我把委员会的工作给耽误了，跟亲爱的太太小姐们也离远了。我想在下周到修改童装母亲协会瞧瞧。你们目前手上的工作多吗？"

他那可亲的笑容，加上柔和的声音，更让他问的这个有趣的工作问题，增添了一种无法用言语所表达的魅力。说实在的，我们手头的裤子几乎是太多了。我们简直要被那些裤子累死了。我刚想这么说，雷茜尔小姐就来了。

"见到你确实太开心了，高弗利，"她对他说（遗憾的是，她说话时那种语气，就像是年轻小伙子之间的攀谈），"我真的很渴望你把卢克先生也带来。你和他是全伦敦最让人感兴趣的人物了。马上把那件事从头到尾仔细讲给我听吧。我清楚，报纸上大概会把某些细节疏漏了。"

就连尊敬的高弗利先生，也有我们从亚当身上遗传下来的那种堕落本性。见到他双手握着雷茜尔的一只手，还把它轻轻放在自己左边的胸口，我真感到恶心。

"最最亲爱的雷茜尔，"他说，用的是刚才讲到裤子时使我十分激动的相同语气，"报上把所有全告诉你了，我还说不了报纸那么仔细呢。"

"你不愿谈在诺森伯兰遭遇的事，肯定有某种为难之处，这我倒想知道。"雷茜尔说，"我有许多问题要直接问你，希望你也能当面且直爽地回答我。"

她把他叫到窗口的一把椅子跟前，阳光刚好照在他的脸上。我瞧了瞧表婶，而她却非常平和。这时，雷茜尔就开始向他提问了一连串问题。

"设计陷害你的那三个人，真的就是以后设计陷害卢克先生的那三个人吗？"

"这是毫无疑问的，我亲爱的雷茜尔。"

"是不是有人以为，这三个人就是到过我家乡下公馆的那三个印度人？"

"有人是这么想的。"

"我还想明白一些卢克先生的状况，高弗利。"

"我对他完全不了解。"

"那你在银行里遇见他之前，你们一直未见过他？"

"从未见过。"

"卢克先生从银行里取出的一张收单也被抢夺了，是吗？那是张什么收单呀？"

"那是一张保存一颗珍贵宝石的收单。"

"报上是这么写的。银行出的那张收单上，肯定谈到那是颗什么宝石吧？"

"银行开出的收单完全没提到是什么宝石，雷茜尔，只说这是一颗归属卢克先生的珍贵宝石。就这么写的。我清楚的就这么多。"

"我们家的一些私事，仿佛也上了报纸了。"雷茜尔继续说，并且有人以为，我们约克郡公馆里出的事，跟伦敦这儿出的事有关联，对吗？

"我以为有人是有此看法的。"

"有人说，害你和卢克先生的那三个来历不明的人，就是那三个印度人，还说那颗珍贵的宝石……"

说到这儿她忽然停住，她的脸色变得非常煞白，我们都认为她要晕过去了，表姊要她不要再接着说了，但是她还是向高弗利先生扭过头来，接着把话问完。

"我刚才问了你一些其他人也想明白的问题。实话告诉我，高弗利，真的有人说卢克先生那颗珍贵宝石，就是月亮宝石？"

她嘴里刚说出那颗印度钻石的名字，我就见到我这位尊敬的朋友改变了。他的脸色马上沉了下来，气愤交加地作了回答。

"他们是如此说的，"他回答说，"有人怀疑卢克先生，说他说谎。他公开解释，出这事之前，他甚至从没听说过月亮宝石这个名字。但是那班坏家伙却说：'我们不信他的。他不说实话是有原因的。'坏极了！真讨厌！"

他说话时，雷茜尔一直惊诧地关注着他。他话毕，她就说：

"据说，卢克先生只是偶尔地和你见过一面罢了，但你却这么热心地保护他，高弗利。"

我那位资质伶俐的朋友回答说："但愿我能这样热心地保护所有受欺压的人，雷茜尔。"

他说话的那种口气，即便是一块硬石听了也能被软化，谁知雷茜尔却只是看着他皮笑肉不笑。

"你那副活菩萨心肠,还是留给你那些妇女委员会吧,高弗利。准确说,我已经看出你不想谈这件事的真实原因了。发生了一件可怕的意外,理所应当的在人们的心目中,就把你和卢克先生连在一块了。你刚才对我说人家误会他,那么人家误会你什么呢?"

高弗利先生一直是个十分友善的人——尽心尽力不想说出会中伤她的话来。

"不必再问我了!"他说,"还是就当没此事的好,雷茜尔。"

"我就要听!"她怒火冲天地叫了一声。

高弗利先生那对美丽的眼睛中满含热泪,"要是你非想知道,雷茜尔,那我说就是了——他们误会说,月亮宝石是抵当给卢克先生的,还说我就是抵当月亮宝石的人。"

她大叫一声,蹦了起来,我真认为她疯了呢。

"不要跟我说话!不要碰我!"她大声喊着,一直向后退,也躲开我们,"这都是我的错!这件事我应当出来说清。我已经牺牲了自己,我愿意这么做,我也有权这么做。但是让一个不相识的人给毁了,这我可承受不了!"

表姊忽然哭丧地叫了我一声。"马上!"她指着一只小瓶子,小声说道,"倒五滴在水里,不要让雷茜尔见到。"我把药交给她。高弗利在房间的另一面,正枉费气力地宽慰雷茜尔,无意中竟帮助了我。我见到我表姊的脸色煞白。她见到我紧紧张张的模样,急忙说:"别让雷茜尔见到。让她喝下这几滴药,过一会儿就会恢复原样的。"

这时,雷茜尔小姐正在大声喊道:"我必须要制止住这种误会!我知道是谁拿了月亮宝石。我知道高弗利·艾伯怀特是不幸的。带我到地方官那儿去。我要证明!"

"像这样的案子,你绝对不可公开露面,"高弗利先生说,"你应该为你的名声着想。"

"我的名声!"她噗地笑了起来,"嘿,人家把我也告在里面了。英国最有能力的探长公开说,我拿了自己的钻石去还债务!"她十分激动,完全没有见到她母亲的脸色煞白,"高弗利,要是你不愿带我去地方官那儿，那你就上报表明自己是无辜的吧，我来签字证明。假如你不愿意这样做，那我就自己写了去刊登——我还要亲自上街把这事喧嚷出来!

这不是实话，这是疯话。善良的高弗利先生只好拿了张纸，写下她要他写的话，才算把她拦住。她疯也似的在那张纸上快速签了名。"拿到各地去给人看，不用在意我，"她说，"高弗利，只怕我一直以来慢待了你。你比我心目中想象的还要好。你有空就常来吧，我要尽力补救以前亏待你的过失。"

她伸出一只手给他。他十分开心地亲了亲她的手，还用柔和的口气说："要是你允诺不再提这件烦心的事，我一定来，亲爱的。"

这时临街的大门响起一阵敲门声，我们不由得大吃一惊。我抬头向外一看，见到门外有辆马车，车内坐着三个梳妆古怪的女人。

雷茜尔走出房间，来到母亲身前。

"她们来接我去看花展了，"她说，"妈妈，临走前我要问你一句话，我没惹你不开心吧?"

那几滴药已经见了效，表姊脸上的煞白已经消失了。"没有，宝贝，"表姊说道，"去开心地玩吧。"

女儿亲了亲她的母亲。她走近房门口时，心情忽然转变——她哭了。我真为那误入歧途的可怜女孩感到痛心啊。

我走到表姊的椅子跟前，见到亲爱的高弗利先生一手拿着那篇所谓的证明，一手拿着一盒火柴。

"亲爱的姨妈，请你让雷茜尔以为我已接受她那宽宏大度的自我牺牲! 让我当你的面把这烧毁吧!"说完他擦着一根火柴，烧毁了那张纸，"瞧! 成了一小堆有利的纸灰了! 亲爱的雷茜尔决不会知道我们会这么做的!"

他看着我们，高兴地一笑。我被感动得无言以对。我合上双眼，把他的一只手放到自己的嘴边。等我再睁开双眼时，仿佛从天堂再次回到人间——房间里除了表姊，已见不到其它人。他已经走了。

见到房间里只有我和范林达夫人，我自然也只好把话题转到她的生活方面。

"德罗西拉，"她喊着我的名字说，"你谈到的是件让人十分忧愁的事。这是个秘密，只有我姐姐艾伯怀特太太和我的律师布鲁夫先生知道。这件事你再同我谈一会吧，还有一些事要告诉你。你要是愿意帮助我，我还有件事请求你。”

我说我特别愿意为她效力。

“你待在这儿吧，”她继续说，“不一会儿，布鲁夫先生就会来了。待我签遗书的时候，德罗西拉，你可以做个证明人。”

她的遗书！我想起到了那几滴药，想了刚才看到的她那煞白的脸色。表姊的秘密也就不再是个秘密了。

三

我毫不泄露，示意我已经猜出这件不幸的事。我只是等候着，准备不论有多辛苦，都将为她尽心尽力效劳。

“前一阵子，我病得十分厉害，可我自己完全也不知道。”表姊开始说。

“噢，亲爱的，”我痛心地说，“噢！”

“两年多来，我一直生着一种怪异的心脏病，这病没有征兆，可渐渐把我的身体给搞垮了，已经无药可医了。我或许还能够活几个月，或许说死就死了。所以我得预先把一些俗事妥善安置。我不想让雷茜尔知道这件事，不然，她会认为我是由于那颗钻石才弄坏身体的。我信任你肯定会替我守住这秘密的。德罗西拉——由于我相信，我在你脸上见到了你表露出真实的痛心。”

伤痛！表姊做梦也没想到，我听她说完那件悲伤的事，心里非常感谢。一条行善路在面前摆着！这儿就有一位命在旦夕没时间悔过的亲人！我一想到我有许多当牧师的朋友，心里非常开心。我抱住表姊，和蔼可亲地对她说：“啊，亲爱的！在我们离别之前，我确实想替您做件好事。”后来我提出了三位尊敬的朋友供她选择。这三人全都住在她家附近，每日做善事。唉，最终不如人意，可怜的范林达夫人立刻满脸恐慌，推脱她身子虚弱，不能见陌生人。我也就退避了——当然这仅是短时间的。我的丰富经验告诉我，目前得改用我的经书了。我有许多这样的书，全适合眼前的情节，对表姊一定有加强勇气的效果。“亲爱的，我去拿几本我的经书来给您，重点地方我全以圆珠笔画上标记，您瞧瞧好吗?"就连这么一个非常普通的看法，仿佛会惊扰了表姊似的。她神色忧虑地说："为了让你开心，德罗西拉，只要是我可以做到的，我全依你。"不应耽误，要是我此刻赶回家去，拿了第一套丛书（大约十二本）再赶回来，还能够赶上和律师见面哩。

每次为我自己做事时，我都乘坐公共马车，但是这一次，我毫不思索就租了辆出租马车。我坐车回到家里，匆忙选了第一套丛书，做上了记号，手提包里装了十二本书，又乘车急急忙忙地赶回蒙太古广场。

答声来开门的仆人告知我说，医生来了，此时还和范林达夫人待在房里。律师布鲁夫先生正在书房里等候。我也被带到书房里等着。

布鲁夫先生见到我，感觉有些吃惊。他是范林达夫人家的私人律师，我们之前曾在这个家里见过面。可惜啊，这人忠心于为红尘俗事效劳，做得人也老了，头发也白了，他不仅胆敢看小说①，还最敢把宗教书籍烧毁哩。

"你住在这儿啊，克拉克小姐?"他瞧了瞧我的手提包问道。

"刚才我表姊对我说，她要签遗书了，"我回答说，"她要我在这儿当个证明人。"

"嗯，克拉克小姐，你替我证明。你已经二十一岁了，再说，你和范林达夫人的遗书毫无利益关系。"

跟范林达夫人的遗书毫无利益关系。哦，我听到这话心里非常感动啊! 要是我这位富表姊想到我这个穷光蛋——要是遗书中有我的名字，还留给我少许遗产——那我的仇人就会怀疑我为何要在手提包里装满书、为何要花钱雇马车了。现在，别人都相信我。这就特别好了。

听到布鲁夫先生的话音，我才如一语惊醒梦中人。

"呃，克拉克小姐，慈善界方面近来有什么状况? 你那位朋友高弗利先生近来过得好吗? 在我们俱乐部里，人们全都在议论这位大善人的一件美事呢!"

这家伙刚才说我已经二十一岁，还说我和表姊的遗书毫无利益关系，

---

① 当时宗教界把小说看成是罪恶的东西。

说话的那种语气我也就不说了，不过一听到他以这种口气说到亲爱的高弗利先生，我就不能忍让啦。

"我即使没有权利参加俱乐部，先生，但是我明白你讲到的那件事，那全是乱扯。"

"是啊，是啊，克拉克小姐，你信任你那位朋友，这是非常自然的。但是高弗利先生会清楚，世人不会如同慈善妇女委员会的人那样，那么轻易信任他的话。实际情形对他是非常不利的。钻石失踪时，他就在那个公馆里。随后他又是第一个来伦敦的人。依近来发生的事来看，小姐，情形对他可不利呢。"

我原来能够趁他还没往下说，就告知他说，他以为错了。不过，想听他说下去的诱惑太大了，于是就装作完全不知的模样，问他"近来发生的事"是什么。

"我说的就是那三个印度人的事。那三个印度人放出后，就到伦敦来找卢克先生了。卢克先生觉得把一件'无价之宝'放在家里不安全，就将它保存到了银行的保险库里。他真是非常聪明，但是那三个印度人也和他同样灵敏。他们疑心那件'无价之宝'已经移动了地方，于是他们要查清事情的缘由。他们抢的是谁？搜的又是谁？不仅是卢克先生一个人，还有高弗利·艾伯怀特先生。原因呢？依艾伯怀特先生的说明，由于那天清早，他们正好见到了他跟卢克先生聊天。几乎是胡扯。和卢克先生聊天的还有五个其它的人。他们为何没有人被人跟随到家里呀！不，不！事情很明朗，艾伯怀特先生跟卢克先生相同，跟那件'宝贝'有着秘密的利益关系。那三个印度人拿不准那颗宝石到底在谁的手里，只好将他们两人都搜索一遍。大伙全这样说的，克拉克小姐。"

在我以实情反驳他以前，我不由想引他再说出一些话来。

"我不想和你这样一位灵敏的律师辩驳，"我说，"可是侦查此案的伦敦名探长，只疑心范林达小姐一个人呀。"

"那位探长要是和我同样了解雷茜尔的脾气，那他就会疑心到公馆里的其他人，而一定不会怀疑到她了。我认可她有错的地方，但她非常忠诚，心地善良，并且不吝啬。即使我是个律师，但是我信任雷茜尔用名声担当的话，超过世界上最显赫的证明！"

"那就让我来告知你吧，布鲁夫先生，两个小时之前，高弗利先生就在这屋子里。那时雷茜尔小姐亲自声称说，高弗利先生在月亮宝石这件事情上，是完全无辜的呢。"

看着布鲁夫先生听了我这几句普通的话，竟心神恍惚，我不禁暗自开心起来。

"假如雷茜尔证实他是清白的，克拉克小姐，他一定是清白的。"他最后说道，"我也和其它人一样，让表面现象给蒙骗了。"

话毕，他扭过身子不再看着我，开始在房间里来回走动起来。他不知如何是好。"这事真怪！"他走到窗口，立在那儿，我听到他私下自言自语地说，"这不仅说不通，并且也确实不清楚啊。"

我在他的话中，又发现了能够跟他抬杠的空子，便又脱口对此作了回答。

"对不起，"我对这位捉摸不透的布鲁夫先生说，"有一点倒确实值得猜测，我们没想到这点。请让我给你提示，钻石失踪时，弗兰克林·布莱克先生不也在那公馆里吗？"

这位老律师走开窗口，在我对面的一张椅子上坐下来，全神贯注地朝我看着，一脸狡诈的嘲笑。

"依我之见，克拉克小姐，你万不可当律师，"他说，"你清楚，布莱克先生是我非常喜爱的人。好吧——就算是布莱克先生吧。据他的脾性来看，我们能够说，他有偷月亮宝石的可疑。但问题是，他这样做对他有什么利益呢？"

"弗兰克林·布莱克先生欠了许多债呢。"我说。

"的确对，但是依你之见，有两点说不清楚的地方，克拉克小姐。我给弗兰克林·布莱克先生办理所有事务。我也能够告诉你，他的债主全都清楚他的父亲是个财主，全都允诺他之后还钱。这是完全说不通的地方。第二点，还要清楚，那颗该死的钻石在公馆里失踪之前，雷茜尔小姐就预备嫁给弗兰克林·布莱克先生了。他眼前的情形是这样的，克拉克小姐，他的债主愿意等他后来还钱，并且他又愿意和一个有许多财产继承的女子结婚。就算将他看作是个坏蛋，但是请你告诉我，他为何还要偷月亮宝石呢？"

"知人知面不知心啊。"我小声地说。

"好吧，就算他偷了那钻石。假如确实是那样的话，他为何还要在全公馆的人里冲在最前面、想方设法想寻找那颗钻石呢？不，不，克拉克小姐！这件案子的案情非常混杂了。雷茜尔自己无疑是清白的，相同，艾伯怀特先生的清白也是一定的，关于弗兰克林·布莱克先生，明显也是清白的。一方面，这些我们都已经清楚了，而另一方面，我们也清楚有人将月亮宝石带到了伦敦，现在它正在卢克先生手中。这件案子可把我困住了，把你也困住了，将其他人都困住了。"

不，没有把其他人全都困住，没困住克夫探长。当我刚想谈到这一点时，仆人进来报告说表姨在等候接待我们。

这样一来，我就终结了议论。

布鲁夫先生拿起文件，我拿了那一手提包经书。我们一路一声不吭地前往范林达夫人的房间。

请答应我在这儿加上一句。当我和布鲁夫先生在书房里议论时，我那堕落的本性在我身上占了上风。目前我坦白地相信了这一点，作了悔过，我才战胜了我那堕落的本性。良知又占了优势，精神领域再一次地澄明了。亲爱的朋友，我们应该接着再往下谈了。

四

没想到签遗书的事竟比我之前想的简易得多。依我之见，这是匆忙从事，草草了解，很不合适。男仆塞缪尔给找来做了第二证明人。不一会，一切便了结了。

布鲁夫先生收起遗嘱，之后便向我瞧瞧，显明他不理解我是否会使他留下独自跟表姨在一块。我可是有件好事要做，手里还拿着一手提包经书呢。他要想朝我这么瞧一瞧，就想支开我，那还是去瞧瞧圣保罗大教堂①，让他走吧。我不否认，他立刻就清楚了我的想法，所以便怪怪地走了，留下我一人在这儿独守利霸。

他一走，表姨就在沙发上躺下了。她面有黄色地讲起了遗嘱的事：

---

① 伦敦的大教堂之一，建于 17 世纪。

"希望你别以为我将你给忘了，德罗西拉。我是要将给你的少许遗产亲自交给你，亲爱的。"

这确实是个非常难得的好时机！我当场抓住了这个时机，立刻打开手提包，将最上面的一本书拿了出来。这是本第二十五版无名氏名著：《家中魔鬼》。这本书上说，到处都有魔鬼潜伏着等待我们。书中有如此一些文章，比如，《发刷里的魔鬼》、《镜子后面的魔鬼》、《茶桌下面的魔鬼》，以及诸如此类的文章。

"尊敬的表姊，你只要能细心看看这本经书——您就给了我所想要的一切了。"说着，我就将书翻到我做了标记的一页，交给她。这一页的题目是《沙发垫子里的魔鬼》。

可怜的范林达夫人正躺在沙发垫子上。她马上就把书交还给了我，脸色非常痛苦地说，这本书她目前不能看，由于医生只许她看点放松开心的书。

我没有其它办法，只好作暂时的退让。

"一个小时后，您就会觉得硬朗些了，亲爱的，"我说，"您让我留下这本书好吗，表姊？"

我暗自将书塞在沙发垫子下面，露出一半在外面，就在她的手帕和嗅盐瓶近旁。每回只要她一伸手去拿手帕或嗅盐瓶，就能够碰到这本书。这本书早晚（谁知道是几时呢）会感动她的。我正预备离去，脑子里忽然出现一个新主意。"哦！我拿朵花可以吗？"我望着窗口说道，那儿摆放着范林达夫人心爱的鲜花。这样一来，我就冠冕堂皇地走到窗口。我没有拿花，而是又从手提包拿出一本书放上。我又接着想出了一条计策。"为何不在这可怜人进出的每个房间里全按部就班一下呢？"我清楚跟她说了一声再见，便私自溜进书房，在书桌上放了两本。在早饭室里，我放了一本在金丝雀笼边，我清楚范林达夫人喜爱金丝雀，亲自给它喂食。在小客厅里，在钢琴上表姊喜爱的乐谱中，我也夹入了几本书。就这样，我将带来的经书全都放在了公馆的几个房间里，连浴室里也放了。我暗自溜出公馆，拿了个空手提包，走到街上，那种尽了责任的快乐心情，确实语言无法形容。哦，我那些追求名利的庸俗朋友啊！只要你们行善积德，要想获得幸福是多么容易啊！那天夜里，我整理衣服时，心情愉快，不由自主唱了一首快乐颂歌。我又活像一个孩子啦!

　　我就这样度过了那个非常开心的夜晚。第二天清早起床时,心里感到年轻了很多!

　　将近中午时分,我戴上无边帽,预备去蒙太古广场——倒不是为了去混顿饭,而是那时准能见到亲爱的表婶罢了。我刚想出门,使女在门口探头进来说:"范林达夫人的仆人要见克拉克小姐。"

　　来人正是那个年轻仆人塞缪尔,这人我一直认为能劝他信教。他胳臂窝下夹着一大包东西:"我家夫人叫我代她替您道谢,小姐。夫人要我告诉您,这里面有她的一封信。"他看上去仿佛是想急忙逃走,但是我挡住他,问了他几句:"要是我登门去拜访,能够见表婶吗?""不能见,她跟雷茜尔小姐和艾伯怀特先生一同出去游玩了。"我心里觉得非常奇怪,现在这么多善事要做,艾伯怀特先生居然还出去游玩。我在门口又挡住了塞缪尔,又问了他一些事。雷茜尔小姐今夜要去参加一个舞会,艾伯怀特先生陪她一同去。明日有个清晨音乐会,塞缪尔奉命赶去订座,艾伯怀特先生的座位也在里面,他得赶快跑去办这件事。

　　那天夜晚,我们委员会将举办一次专门会议,想要高弗利来帮忙。我们这个妇女会因为不断而来的裤子忙得不亦乐乎,他不来支援我们,帮我们处理问题,而是去参加舞会!原定明日上午还要举办另一个重要会议,他身为团体的重要人物,不但不出席,还去参加早上音乐会!这是为何?上帝啊!这就是说我们的基督徒英雄,要以崭新面貌展现在我们面前了。

　　但是,还是让我说正事吧。那个仆人一走,房中只剩下我一人,不必说,我就拆开了那包东西——我见到的是什么呢?我昨天留在他们公馆里的那十二本书,依照医生的嘱咐,全部给我退回来了!

　　目前该怎么办?好在我训练有素,从不忧虑。真正的基督教徒是一定不会退缩屈服的。当我们需要完成我们的任务时,不阻碍我们。传道的结果也许会引发暴乱,传道的结果也许会引发战争,但我们还是接着我们的工作。我们是不理睬的,我们也是不胆怯别人讥笑的。

　　在对待误入歧途的表婶这件事情上,接下来该怎么做,我心里可非常清楚。接下来就是——用抄上字句的小纸条来对她宣传福音。换句话说,就是从书里摘抄几句,分别由几个人抄下来,当作信送给表婶,可邮寄给她，可用昨天的老方法，散放在她家各处，一定她能见到它们。我亲自写了几封。"亲爱的表婶，请您仔细看看下面这几句话好吗？"另外几封由修改童装母亲协会的姐妹们帮我代写。"亲爱的夫人，请饶恕一个忠诚的朋友对您的关怀。"不到晚上，我已经给我的表婶预备好十二封信，以代替那十二本书。一半，我从邮局寄出；一半，我放进口袋，预计明日亲自送到她公馆去。

两点刚过，我又来到范林达夫人的公馆门口。

昨日夜里，表婶失眠了，这时刚想睡一会儿。我说我在书房里等她。公馆里一片宁静，我敢断定，雷茜尔和她的游伴（天哪，高弗利先生居然也在其中）都在音乐会上，于是我热心地一心一意做起善事来。我留了两封信在底层——一封留在书房，一封留在早饭室——之后就慢手慢脚地上了楼，把信放在客厅的地上。

我刚走进客房，就听到临街的大门上有人在敲打。我心里想，这无关紧要，表婶身体不好，不会放客人进来的。事情恰巧反之，使我非常吃惊，我听到塞缪尔在楼下说："请上楼，先生。"后来，我就听见了一个男人的脚步声。是什么人呢？我马上就想到了答案，除了医生，还会有谁呢？

按说我该在书房里等候，可我不想让医生见到我待在客厅里，所以我就暗自溜进一间小后房，放下门帘，遮挡那开着的房门。我只要在那儿待上片刻，医生就会被带到病人的房间里去。

我等了一会儿，只听见那位客人总是在来回走动，自言自语。我甚至觉得我熟悉这人的声音。难道我听错了？我将沉甸甸的门帘掀开一条缝静听着。

我听到的是："我今日就办！"但说这话的人，原来是高弗利·艾伯怀特。

五

我的手从门帘上放了下来。不过别认为我心里最先想到的是我这窘迫的处境；我对高弗利先生像兄妹一般的体贴入微，以至于我想到的只是他刚刚说出的那句话：就这么做。做什么啊？他要做什么呀？他要离教吗？

他要跟我们修改童装母亲协会断交吗？难道我们在委员会的办公室里，再也见不到他那天使一般迷人的笑容了？我正想从藏身的地方出来，跑到他面前去，突然听到房间里有了另一个声音，这是雷茜尔·范林达的声音！

"你为何上这儿来了，高弗利？"她问道，"你怎么不到楼下书房里去？"

他柔和地笑了笑，回答说："克拉克小姐在书房里。"

刚刚我还热得像火烧，这时，我突然全身冰凉了。听了这话之后再露面，没指望了，要退缩——除非退进火炉——也无路可退。大难临头了。我暗自把门帘掀开一点，正好能见到，又能听到。随后我以起初的基督徒的精神①开始面临挑战。

"呃。"雷茜尔说，"你如何和他们讲的？"

"我说范林达夫人今日身体不适，又说你不愿抛下她去参加音乐会。"

"你看病情厉害吗，高弗利？"

"决不是那样！我敢担保。用不了几日，又会恢复原来的模样。"

"和我想的相同。但是开头我有点害怕。呃，你本该去参加音乐会的。你怎么能错过这场音乐会呢？"

"别说这个了，雷茜尔。只要你清楚我在这儿和你一同有多开心就够了！"

看到他脸上那种忧伤的神态，我觉得一阵寒心，之前我见到他在埃克塞特会堂②讲坛上这相同的嘴脸，还真给他迷惑住了呢。

"难道你忘记在乡下你跟我说时，我们彼此约定的话，高弗利？我们当时只当表兄妹对待的啊。"

"每回我见到你，或者想到你的时候，我就要违背约定的话了。哦，雷茜尔！那天你多美啊！你对我说，你看得起我了！听了这句动人的话，我就增强了自信，难道我这是疯了？我盼望以后有一天你会对我软下心来。难道我这也是疯了？要是我真的疯了，千万别对我说破！让我去做梦吧，亲爱的！"

---

① 指古罗马时，基督徒曾受罗马帝王的迫害，受兽噬等酷刑。
② 位于伦敦斯特兰德大街，常作宗教和慈善事业集会的场所。

他的声音颤动着，还把白手帕捂在自己的眼睛上。又是埃克塞特会堂的那一套！

就连她那副铁石心肠也有所感动了。我听到她之后说的那句话，就有着一种柔和的口气。

"你确实那么爱我吗，高弗利？"

"当然啦！我已对生活中的全部丧失了信心，仅对你一个人感兴趣。我的那些慈善事业，对我来说简直是些无法忍受的包袱。此刻我一见到妇女委员会，就恨不得自己跑得越远越好！"

这种毫无情义的话，我真是生平首次听到！我想到修改童装母亲协会，我想到其他团体，数目太多了，举不胜举；这些团体全把他当成台柱一般依偎着。

"你已经说得很清楚了，"雷茜尔说，"要是我也说明了，不知道你听了后，能不能治好你对我的这份痴心？"

他感到非常吃惊，认为她要把月亮宝石的秘密说出来了。我心里也这么以为。

"瞧瞧我，你会认为我是那个非常不幸的女孩吗？"她继续往下说，"但这是对的，高弗利。我愿意身败名裂地生活着——这就是我现在过的日子。"

"亲爱的雷茜尔！你不能那样说。亲爱的，你的那些诚实的朋友们，并没有因为你的保持沉默而轻视你。"

"你说的是月亮宝石那件事吗，高弗利？"

"我认可你说的是……"

"我说的完全不是这件事。宝石的事要是有一天不白天下的话，人们就会清楚，我只是守着一个使人悲伤的秘密罢了，我一向没做丢人的事。你误会了，高弗利。假如你爱的是另外一个女人呢？"

"嗯？"

"假如你发现那女人不值得你爱呢？假如你一想到要跟如此一个女人结婚，就羞得满脸通红呢？假如说即使这样，你心里还是对她难以忘记念念不忘呢？啊，我要怎么说，才能够叫男人理解我这种喜形于色的心情啊！这是我的命根子，高弗利，并且也是杀死我的毒药——合二为一！走

吧！依此刻这样说下去，我准会发疯的。但是你得牢记！他不清楚——他
永远也不会清楚。而我，永远、永远也不会再见他了。别问我他的名字！
上帝啊，你走吧！"

　　她的头压在垫子上，痛哭起来。我突然见到高弗利先生在她的脚跟前
跪了下来——双膝跪下，还伸出胳臂去抱住她的腰，我被吓呆了。

　　"善人儿啊！"他只说了这几个字，但这几个字包含了豪爽的感情，
他就是凭借了这种语调成为著名演说家的。他静静地坐着，也不想把他那
抱着的胳臂推回到应该放的地方。上帝呀，我几乎被吓呆了。我苦于无法
拿定主意，是先合上眼睛好呢，还是先堵住耳朵？随后我什么也没做。我
还能恰到好处地抓住门帘，一边看，一边听，只因我控制了我的歇斯底
里。就连医生也表白，这种病发作时，一定会抓住什么东西。

　　"是啊，"他说，"你是个善人啊！我此刻跪下来向你祈求，求你让我
来医治你那可怜的、破裂的心吧！雷茜尔！请你嫁给我吧！"

　　这时，我首次听到从雷茜尔嘴里说出一句有道理的话，所以我也就不
堵耳朵了。

　　"高弗利，"她说，"你一定是疯了。"

　　"我说话从没比这更加清醒过，亲爱的。思考一下你的将来吧！那个
人完全不清楚你对他的感情，再说你已发誓永远不再见他了，难道你还愿
意为这个人放弃你的幸福吗？你能够忘记那份不幸的感情。你会有个爱
你、敬你的心上人，会有一个宁静的家——尝试家庭的快乐吧！我不求让
你爱我——只要你喜欢我，我就十分知足了。过去的事让它过去吧！时间
会把你心头那份深深的伤口抚平的。"

　　她已经开始顺服了。啊，换了我，一定不会这么做的！

　　"别迷惑我，高弗利，"她说，"我这样已经很不幸了，够放弃全部的
了。别迷惑我变得更不幸、更不顾一切吧！"

　　"雷茜尔！难道你厌烦我？"

　　"我？我一直喜欢你。听了你刚刚说的话之后，我也敬佩你了。"

　　"我亲爱的雷茜尔，信任我的能力吧。你总有一天要嫁人的。这只是
个时间问题。亲爱的，为何不嫁给这个将你的佩服看得高于世上任何女人
的爱情的人呢？"

"高弗利，你让我心里想到了我从未想过的事。在我丧失自信的时候，你拿一线生机来迷惑我。"

"你不允诺嫁给我，我一定不起来！"

"你总不应该强迫我吧，高弗利？"

"你要我等多久，我就等多久。"

"你要的是我能够给的！"

"我的天使！我只要你一个。"

"好啊！"

她说这话，就是屈服他了！

他将她拉到身旁，等到她的脸贴到脸上，之后——我本认为趁还没发生之前合上眼睛，但是我正好迟了一步。我原认为她会拒绝，她却顺服了。

高弗利之后的一句话是："我去和你妈说，还是你去说？"

她摇了摇头："还是待妈身体好一点，再让她知道吧。我不希望这暴露出去，高弗利。你能够走了，夜里再来。"

她站起身来，起身的时候，她首次向我正在里面遭罪的小房间瞧了瞧。

"谁把门帘放下了？"她大声喊了起来。她向门帘这儿走过来了。她的手正好放在门帘上——这时候，他们几乎看到我了——楼梯上忽然传来那个年轻仆人的声音。这一定是一个人在惊慌不安时的声音。

"雷茜尔小姐！"他大声叫道，"您在哪儿，雷茜尔小姐？"

她快速放下门帘，转身跑向门口。

那仆人面色煞白，说："快点下楼去，小姐！夫人晕过去了，我们救不过来。"

片刻后，房里只剩下我一个人了，我趁没人发现，悄悄溜下楼去。

我看见雷茜尔跪在沙发一旁，她母亲的头贴在她的胸前。只要对表婶的脸色瞧上一眼，就能够明白事情的可畏了。不一会儿，医生来了，他先让雷茜尔出去，随后对我们说，范林达夫人逝世了。

随后，我朝早餐室和书房里私下瞧了瞧。表婶还没来得及拆看我给她的信就走了。对此我不由得十分吃惊，当时没留意到她没把那少许遗产留给我就死了，几天后，我才回想起这件事。

六

范林达夫人一过世，她女儿就由她的姐夫艾伯怀特老先生照顾了。夫人的遗嘱上请求他做雷茜尔的监护人，等到他这位外甥女结婚，或者长大。我心里想，高弗利先生肯定把他和雷茜尔的情侣关系告诉他父亲了。总之，表姨逝世没几天，他们订婚的秘密，在他们家已经人尽皆知了。艾伯怀特先生烦的是，不清楚该以什么方式来迎娶下嫁他儿子的这位富有小姐。

起初，雷茜尔就给他增添一些烦恼。她不愿住在蒙太古广场的那座公馆里——那儿会叫她回想起母亲的死。约克郡的公馆又会让她回忆那颗丢失的钻石。总之，艾伯怀特老先生就以为她到布赖斯顿的一幢带家具出租的房子住一阵再说。他的太太，还有他那两个有病的女儿，全都将和雷茜尔一同住到那儿。为了租下布赖斯顿的那幢房子，我跟雷茜尔又见面了。

艾伯怀特表姨妈是个身材魁梧、寡言少语的女人。她脾性有个独特的地方，自从她出生以来，就从来不明白得亲自动手干活。于是，她命令儿子到布赖斯顿去租那幢带家具出租的房子，又要我给她寻找几个必不可缺的佣人。"你要的佣人的名单在什么地方？"我问道。

"雷茜尔拿着呢，亲爱的，"她说，"在隔壁房间里。"我走进隔壁房间，这一来，就又见到雷茜尔了。自从我们在蒙太古广场离别之后，这是首次见面。

她穿了重孝，看上去显得非常瘦弱可怜。让我受宠若惊的是，我走进房间时，雷茜尔竟站起身，伸出手，朝我迎上前来，"见到你真开心，"她说，"我之前常对你说些无礼的傻话，请你谅解。但愿你能原谅我。"

听了这话，我的脸上不由表现了惊讶的神色。

"我可怜的母亲活着时，"她继续说道，"她的朋友未必是我的朋友。此时她不在了，我也变得喜欢上她喜欢的人了。她特别喜欢你。假如你愿意，德罗西拉，我们做朋友吧。"

我尽力热心地对待她的友好表示，挨着她坐到了沙发上。我们谈了家事，还谈了些以后的想法。但她明显不愿提及她跟高弗利订婚的事。有一点很显然，她已经不再是我在蒙太古广场受苦时亲耳所听、亲眼所见的那种目中无人、毫无礼貌的人了。这一来，使得我鼓足勇气，预备询问起她以后信教的事来。我认为，我有关照她那件草草的婚约的神圣职责。我立刻收回话题，谈到仆人的问题。

"那份名单在什么地方，亲爱的？"

雷茜尔取出了名单。

"布赖斯顿的房子找好了吗？"

"找好了，它已被高弗利租下了。"

"这么说，你姨妈得写封信给那幢房子的主人，我明日就去布赖斯顿。"

"你太好了！等你安顿好了，我们就能够去那儿。希望你当作我的客人，在那儿住下来。"

这话就是对我的邀请。我眼前浮现了无限的希望，我应该能打问她的事了。

我对那些仆人的行为和宗教观念作了一番考察。我在城里找了两个教友，一个是牧师，另一个是和我同样的单身女人。她同意让我在她那满藏经书的书房里借几本书。我借了六本，把它们放在雷茜尔的几个房间里。我的预备工作已经完成。

晚上，旅客人们到了，令我十分吃惊的是，陪伴前来的不是高弗利先生，而是律师布鲁夫先生。

"你好，克拉克小姐，"他说，"这回我可要住着不走了。"我清楚他这话中有话，也明白他是有目的而来的。我刚为心爱的雷茜尔安置好一个小乐园——谁知恶魔就已到这儿了！

"高弗利感到非常抱歉，不能和我们一同来，"艾伯怀特表姨妈说，"布鲁夫先生自动地替他来了。"

布鲁夫先生留下来吃了晚饭，一直留到夜里。我越看越确定他来布赖斯顿是别有用心的。

他还跟以前相同的安然无恙，但我感觉他那猥亵的目光，流露出对雷茜尔的特别体贴和关注。他这回明显是为她而来的。他临走时，没说什么奇怪的话。他自己发誓说，明日来吃中饭，随后他就回自己住的旅馆去了。

第二天早晨，我未能将把艾伯怀特表姨妈和她那两个有病的女儿按时叫起床去做礼拜，我只能和雷茜尔两人去了。我那位天资聪慧的朋友讲道讲得妙极了，不过雷茜尔说，这反而让她听了头疼。有些人听了这话或许会泄气，不过我毫无感觉。

我们回到家里时，看到艾伯怀特表姨妈和布鲁夫先生正在吃午饭。雷茜尔吃不下去，说是头痛，律师立刻抓住了她给他的这一时机。

"治头痛只有一副药，雷茜尔小姐，"那烦恼的老头说，"只要散一散步，你的头痛就治愈了。要是你肯赏脸，我愿陪同。"

"我十分开心，我正想去散散步呢。"

"目前已经两点多了，"我低声地说，"午后的礼拜三点钟立刻就要开始了，雷茜尔。"

"我的头特别疼，你怎么能够要我再去做礼拜呢？"她气愤地说。

布鲁夫先生替她开了门，少顷他们就出去了。真是一点办法也没有！

我做了午后的礼拜回来，清楚他们才回家。只需瞧他们一眼，便可明白律师已经将要说的话说了。雷茜尔陷入尚未有过的思索。布鲁夫先生以一脸平和和佩服的神色看着她。他想第二日早晨搭头班火车回伦敦，所以极早就走了。

"你当真拿定主意了？"他在门口对雷茜尔问道。

"拿定了。"她回答说。

他们这就分开了。布鲁夫先生扭过身去时，雷茜尔就回房间去了。我跟随她来到楼上，贴着房门，我亲姐妹似的向她打问。房门锁着，一直未开。

次日早晨，借端茶给她的时机，我进了她的房间。我坐在她的床上，她非常客气地听我说话。我见到我的那些经书全都放在墙角里。她说，这些书已经无用了。

"你清楚吗？亲爱的，"我说，"昨日我见到你和布鲁夫先生散步，我以为他一定告诉你一些坏的消息了。"

她大吃一惊，那对露出怒光的黑眼睛向我瞥了一眼。

"正好相反！"她说，"他告诉我的都是好消息。我很感谢布鲁夫先生告知了我此事。"

"是吗？"我以关怀的语调说道，"我以为，一定是高弗利·艾伯怀特的消息吧，亲爱的雷茜尔？"

她听了从床上立刻跳了起来，脸色马上变得苍白。后来她忍耐住一肚子愤怒，想了想，说道：

"我一定不会嫁给高弗利·艾伯怀特先生了。"

这次可轮到我感到非常吃惊了。

"你这是怎么了？"我大声喊道，"你们的婚约不是已经定下来了吗？"

"高弗利先生今日要来这儿，"她坚持说，"等他来了——你就会清楚了。"

她打了铃，一个头上飘着帽带的女仆进来了。

"佩妮洛普！预备洗澡水。"

我只好离开房间。

她下楼来吃早点，根本未吃，并且一声不吭。

早餐后，她在各个房间里来回走着——随后突然打开了钢琴。我私下询问到高弗利先生到来的时间，随后就走出屋子。

我单独一人出门去，访问了我那两位朋友，和她们聊了片刻，我觉得非常精神，便改作步行回来。我走进餐室，餐室里这时候平常是没人的，但我迎面竟碰到了高弗利·艾伯怀特先生。

他没离开这儿的意思，恰恰相反，而是急急忙忙地向我走了过来。

"亲爱的克拉克小姐，我等了你许久。我不巧来得早些。"

他在蒙太古广场演了那一幕之后，这即使是首次见到我，但他说话中毫无为难之情。对啊，他并不清楚我已亲自观察了他那场戏。但另一方面，他应该清楚，我在修改童装母亲协会工作，一定会清楚他毫无羞耻地忘了他的妇女姐妹和苦人的。不过他竟然还带着他那迷人的语气和动人的笑容站在我面前！

"雷茜尔你见到了吗？"我问道。

他略微叹了口气，握着我的手。

"我见到雷茜尔了，"他平静地说，"她向我提出分手。她以为我们两人分手是最好的方法，这就是她向我表白的唯一理由。"

"你对这如何回答呢？"我问道，"你同意了？"

"是的，我同意了。"他非常平静地回答说。

他的举动令人不解，我任凭他握着我的手，困窘地站着。我向他关注着，好像在梦中似的说：

"这是怎么回事？"

"我来讲给你听，"他回答说，"我们坐下来说好吗？"

他带我走到椅子跟前，他非常热情。我想，他的手不会到抱住我的腰的地步，也许是扶住我吧，但我也不明确，总之，我们坐下了，别的我不敢担保，这件事我是敢担保的。

七

"我失去了一个美丽女孩，一个社会地位非常高贵的女孩，另外还有许多收入。"高弗利先生开始说，"但我毫无反对的意思。我这样怪异的举止是什么目的呢？我的好朋友，什么目的也没有。"

"没有目的？"我紧跟问了一句。

"让我来提示你一下，亲爱的克拉克小姐，你之前带过孩子吧？"他接着说，"一个孩子做了件让你吃惊的事，你想去追问他的目的，他们是说不出他们的想法的。你最好还是去询问小草，它为何生长；或者询问小鸟，它为何歌唱吧！唉！在这件事情上，我仿佛那可爱的小东西一样——像小草一样，像小鸟一样。我不清楚为何会向雷茜尔小姐求婚，我不清楚为何会把我那些亲爱的太太、小姐们抛弃。你问孩子说：你为何要淘气？那小天使把手塞在嘴里，什么也不明白，他的处境和我相同，克拉克小姐。我无法和人说清楚，但我感觉我应该向你坦诚！"

我刚才发觉这倒是一个应该处理的灵魂问题。

"好朋友，帮助我吧，"他继续说，"告诉我，我求婚怎么仿佛做梦一般？为何我突然清楚，帮助那些亲爱的太太、小姐的我才是真正的开心，是做我的那些好事？地位对我来说并不重要，我已经有地位了；我要收入做什么？我能维持生计，够我租间小屋，够我一年买两件衣服了；我要范林达小姐做什么？她亲自对我说她爱的是别人。当我清楚雷茜尔小姐已改变主意，我才收了心。一个月以前，她被我深情地抱在怀里。一个钟头之前，我庆幸明白我不能再拥抱她了，这使我愉快得像被烈酒陶醉了。这件事仿佛假的似的，然而这确实是真的。你能说出个理由来吗，亲爱的朋友？我确实无言以对。"

他那颗美丽的脑袋下垂到胸前。我被深刻地感动了。他已经放开了和雷茜尔结婚的想法，那么痴情地决定再回到他那些太太、小姐和穷人们身旁，从这两方面我就看到他的良知又表现出来了。

我以几句简短的话，对他讲了我的这一想法。他的模样看上去真动人。他把自己看作一个迷路的人，现在已从暗中走了出来。听到我向他担保说，修改童装母亲协会肯定会十分愿意收纳他，他竟拉了我的手紧紧贴住他的嘴，我的手被他故意摆弄。我合上双眼，感觉自己在一种忘我的精神沉醉中，我把头依靠在他肩上。忽然间，我们听到那个仆人进餐室摆放桌子了。高弗利先生吓得站了起来，瞄了瞄表。

"和你在一块，时间如流水一般！"他大声说道，"我得赶快去赶火车。我应该去见我父亲，把雷茜尔和我之间的事告知他。我应该叫他不要上这儿来，待他平静下来同意让我们解约再说。亲爱的老朋友，我们再见了！"说着，他就匆匆地出去了。

我明白有人指责高弗利先生，说他同意和雷茜尔解除婚约或许有什么秘密。我也听说了，说他想通过我，跟修改童装母亲协会的一位非常阔气的女委员交往，那人是我的一个好朋友。我在这儿谈到这些故意伤害的话，只是为了要表明，这些话改变不了我对我们这位基督徒英雄的崇拜。

让我擦干泪水，谈正事吧。

我下楼去吃午饭，一心想知道雷茜尔心情如何。我好像觉得她又在想她那个心上人了。那人是谁呀？我想到一个人，只是无法确定。

那天傍晚，艾伯怀特老先生没有出现。但是我相信，我们即将就会和他再次见面。他生性贪婪，非常注意他儿子的婚姻大事。艾伯怀特先生又是个有名的老善人。我明明白白，万事只有依着他的意思，他才算得上是个好脾气的人，要不就会暴露真相。

次日，恰如我所料想到的，艾伯怀特表姨妈对于她丈夫的忽然拜访，不由大吃一惊。我看到这幅场景也大吃一惊，由于他后面跟着一个玩弄是非的人——布鲁夫先生。

艾伯怀特老先生对雷茜尔说，他从高弗利那儿听到一个十分重要的消息，而且他希望在她的小客厅里跟她聊聊。然而雷茜尔小姐不愿与艾伯怀特老先生到小客厅说话。"假如你想跟我说什么的话，就在这儿谈好了。"她说。艾伯怀特老先生问了她很多问题，问的全是有关她订婚的事，他坚决要明白她为什么要解约。雷茜尔和和气气、简简单单地对他作了回答，弄得他雷霆大怒。后来就出现了令人十分为难的场面，他大声喊叫，说这是个羞辱。虽然他儿子不把它看作羞辱，他也以为这是个羞辱。我面对亲眼所见的这场悲哀的家庭纠缠，在《简·安·史丹普小姐书信集》第一○○一号，论"家和万事兴"的那封信中，倒有和平的处理办法。于是我从墙角里站起身来，把我那本经书打开来。"亲爱的艾伯怀特先生，"我说道，"听我说一句吧。"我把那本经书递给他，"请答应我来给您消消气，但这并不是我说的话！这是令人舒适的话、有见识的话、充满爱的格言的话——这全是简·安·史丹普小姐带来的福音！"

但是我还没来得及把话讲完，这个活阎王就恶狠狠地大声骂道：

"去你×的简·安·史丹普小姐！"我对于这种脏话简直难以说出，在这里就用×代替了。他刚刚说完这句话，我就失声喊了起来。他居然把我的书撕成了两半，而且把书从桌子那边抛了过来。其他人都吓得站起身来，急忙在墙角里再次坐下。相同的事件在以前也曾发生过，简·安·史丹普小姐被人抓住双肩推出房间。但是我受了她那种精神的鼓励，等候着她遭受的磨难上演。但是最终大出所料——并没有再次上演那样的戏剧。

后来，他开始与他的妻子说话。"谁——谁——谁——"他有些结巴地说，"你叫这个厚脸皮的迷信家伙进屋来的？"

雷茜尔回答说："克拉克小姐是当作我的客人才进房里来的。"

"哦？"他说，刚才还怒火冲天，此时一下变得面无表情，一脸鄙视的神情，"克拉克小姐是当作你的客人来这儿——来我家的。"

这下雷茜尔的怒火按耐不住了，她朝律师扭过头去，用一种自傲的语调开了口："他说这话是什么意思？"

"您也许忘了，"布鲁夫先生对艾伯怀特老先生说明道，"您是当作范林达小姐的监护人，租下这幢房子给范林达小姐在此定居的。"

"请不要着急，"艾伯怀特老先生说，"我的话还没说完哩。假如我儿子不配当作范林达小姐的丈夫，那么我以为他的父亲也就不配担当范林达小姐的监护人这个身份。因此我不想做她的监护人了。这幢房子是以我的名义租下的，能够说这就是我的家。我不想把范林达小姐撵走。反之，我想假如她方便的话，就叫她的客人离去且把她的行李带走。"他欠了欠身，就走出了房间。

因为雷茜尔回绝嫁给他的儿子了，艾伯怀特老先生就这种方法对她进行了报复！

艾伯怀特表姨妈亲了雷茜尔，替她丈夫对雷茜尔认错，还说因为我的原因才使他气愤，她希望永远也不要和我再见面。话毕，她就走出了房间。

"亲爱的小姐，"布鲁夫先生说，"艾伯怀特先生的这种举动明显让你很生气。我一直不喜爱艾伯怀特先生这样的人。这种人完全不值得和我较量生气。难道你肯赏脸给布鲁夫太太，做她的客人吗？在你想好接下来该如何做以前，你就先到我家居住吧！"

但是我还没来得及说话，雷茜尔就已热切同意他的邀请。我大吃一惊。假如我使这种安置成功的话，那我就别盼望这只迷路的羔羊被带回羊圈了！

"不必！"我说，"不必！我请她！应该断定她的监护人是我。雷茜尔，亲爱的雷茜尔，我邀请你到我家住，上伦敦去，亲爱的，跟我住一块！"

布鲁夫先生一声不吭。雷茜尔带着一脸冷漠的吃惊表情瞧瞧我，说她已经允诺布鲁夫先生的邀请了。

"哦，别这样，"我祈求道，"我不能跟你分离，雷茜尔！——我不想远离你！"

我想把她抱在怀里，但她直向后退。

"我真弄不清楚你这个人。"她说。

"哦，雷茜尔！"我不由大声喊了起来，"难道你还看不出来，我一直想让你皈依于基督教？怎么你还不明白，我极力要为你做的，恰是死神从我手中夺去你的母亲时，我极力要为她做的工作？"

雷茜尔不知所措地看着我："克拉克小姐，请你讲解给我一下，你说我母亲怎么了？"

布鲁夫先生想把她从房里带走："你最好还是别问，而且克拉克小姐也是别说明为好。"

于是我怒火交加地用手把布鲁夫先生推开，又用巧妙的话向她说明了因为临死不及悔改引导的可畏灾难。

雷茜尔吓得害怕地大叫着，跳了起来，远离开我。

"走吧！"她对布鲁夫先生说，"在那女人没再说其它以前，我们先走吧！哦，这使我回忆起我那可怜的母亲！你是参加了她的丧礼的，布鲁夫先生，我想你明白大家都很爱她，人们在她的坟前悲痛哭啼。不过那个坏蛋居然在这儿，竟然想要我信任我母亲确实有罪，是个无德的人！走吧！和她这样的人在一块，几乎快把我给闷死了。"

不论我怎么说，她也不听，她径直地跑了出去。

"把我的东西整理好，"她命令女仆说，"把它们拿到布鲁夫先生那儿去。"她急急忙忙地走了出去，而且当着我的面，把门凶狠地关上。

在匆忙离开以前，布鲁夫先生用讥讽的语调和我说了再见。

"你最好不要再说明什么了，克拉克小姐。"话毕，他欠了欠身，就扭身走出了房间。

房间里只留下我自己了。他们大家都把我侮辱了一番，他们大家又都把我抛下了，房间里只剩下了我自己。

对这一幕幕基督徒遭世人羞辱、逼迫的凄惨情景，还有什么要说的吗？没了，自从那天之后，我与雷茜尔·范林达再也没有见过面。但是我谅解了她，我为她做过祈祷。等我死后，依照我的遗嘱所写，她将得到我遗送给她的那本《简·安·史丹普小姐书信集》。

第二个故事

马修·布鲁夫律师撰稿

—

我的女友克拉克小姐已经终止了写作，此刻该轮到我拿起笔来接着写下去了，这样做的理由有两个：

第一，我想为关于范林达小姐解除婚约隐瞒的内幕作出必定的说明。高弗利先生之所以同意与范林达小姐解除婚约，也有他的苦衷——这也已经被我弄明白了。

第二，我发现原来自己也已牵扯进这件印度钻石迷案之中。有一个毫不相识、非常有礼貌的东方人，驾临我的办公室访问我。此人不是别人，恰是那三个印度人中为首的一个，不但这样。除此之外，次日我还碰巧见到了那位鼎鼎大名的旅行家默士威特先生，同时，我还跟他进行过一次重要的交谈。

我首先来说一说为何解除婚的真面目。我以为，这事该从我的那位当事人、老朋友、不过已过世的约翰·范林达爵爷临死的时候讲起，对此你肯定会认为相当惊奇。

约翰爵爷一向没有立下遗嘱，直到他清楚自己已经时日不多，才最终请我去受命他对于遗嘱的安排。他的话了了数语："我的妻子会得到我全部的财产，"约翰爵爷说，"就这样。"话毕他就在枕头上把头扭了过去，舒心地睡着了。

他的家财分为两类：一是房地产，二是金钱。不一会儿，我就立好了约翰爷的遗嘱，签过名，约翰老爷也就安息了。

范林达夫人果然没有辜负丈夫对她的信任。在她孀居后没过几天，她就请了我去，把遗嘱替她立好。约翰爵爷在坟墓里还没有睡上多长时间，他女儿的未来，就由他夫人精心计划、体贴入微地安置妥当了。

一八四八年夏天，可怜的范林达夫人被医生们正式作了判决，实事上是判了她死刑。她告诉了我她的病情，而且希望我和她一同再核实一遍遗嘱，由于她对它作了略微改动。这样，第二份遗嘱就立好了。对于签署第二份遗嘱的事，克拉克小姐已经交代清楚。就雷茜尔的财产来说，第二份遗嘱的内容和第一份完全相同。

在范林达夫人逝世以后，那份遗嘱就保留在我的代诉人手中，根据正常规定听凭查看。大概三周以后，我收到第一份通知，上面告诉我说，有人私下进行一件非常奇怪的事。范林达夫人的遗嘱曾被人查看了一遍。这的确是件新闻！我确实想不出有谁会对这份遗嘱感兴趣。我顺便提一下，法律规定，任何人只要付十元手续费，民法博士协会①就会为其查看遗嘱。

我的代诉人告诉我，恳求查看这份遗嘱的是斯基普·司马利律师事务所的司马利先生。

"不到一天，我就能查清那人查看遗嘱的用意。"我对自己说。

一天不到，委托那家事务所前来查看遗嘱的当事人被我调查出来，原来就是高弗利·艾伯怀特先生。

我只要清楚查看遗嘱的人的名字就可以了——别的我就不想再了解了。

我得再补充几句，雷茜尔只有财产的终身取利权。她母亲那不同一般的见识，加上我多年的处世经验积累，保障了她的安全，使她免遭所有危险，以免成为贪婪、无耻、龌龊之徒的牺牲品。不论是她本人，还是她的丈夫，都无法变卖或抵押她的房地产以及取出存款中的现金。他们能够住在伦敦和约克郡的公馆里，也有固定的利息收入——但仅此而已。

那件事被我查清以后，一时不知接下来该怎么办才好。不过我听到范林达小姐终身大事已定的消息，大概还不到一周。我一向以为那家伙只会说一些甜言蜜语，此时他终于暴露了向她求婚的真实目的了！

我私下考虑的第一个问题是：在高弗利先生的律师为他查清遗嘱以后，他还会与范林达小姐结婚吗？这就与他的经济状况相关了，我对他经济状况的了解是一无所知。假如情况没有糟糕透顶，那只为了她的那笔固定收入，跟范林达小姐结婚也是值得的。但是要是他在规定时期内急切需要许多钱，那范林达夫人的遗嘱就可提防她女儿落入像他这样的坏蛋手中。假如是第二种情形，我就不必把这件事讲给雷茜尔小姐听。但是，如果是前一种，我若保持沉默，就等于让她去嫁给一个连累她一生得不到幸福的人。

我去了伦敦范林达小姐和艾伯怀特太太定居的旅馆以后，心中的疑虑也就完全消除了。在我听到说高弗利先生不能陪她们去布赖斯顿以后，立

---

①　根据前英国教会法和民法的规定建立的开业律师的一个自治性教育机构，有权受理遗嘱验证，办理结婚、离婚证明等。1858 年解散。

刻就提议由我陪伴前去。见到雷茜尔小姐，我马上就拿定主意，把事实告诉她。

在我陪她在外面散步的时候，我找到了时机。

"我能够跟你聊聊关于你订婚的事吗？"我问道。她停住脚步，而且从我胳臂弯里抽出了手，随后朝我脸上探索地观察着。

"布鲁夫先生，"她说，"我想你要跟我谈高弗利·艾伯怀特的事吧？谈吧。"

我对她十分了解，信任她说的内容真实。于是我把所有事情讲给她听了。

我感到她的手不由地用力抓着我的胳臂；我发现她一边听我对她说话，一边脸色越来越苍白。我说话时，她默不作声；在我话毕后，她还是保持沉默。

我们大概走了二里上下，雷茜尔才惊醒过来，完全清醒的她突然抬起头来瞧了瞧我，脸上带着略微的笑意——每回开心的时候，她一直这样微笑着——我从未见过哪个女人脸上的笑容这么迷人。

"你对我的一片善意，我一向感激涕零，但是我此刻比以前更加感激。你回到伦敦后，假如听到关于我婚事的谣传，请立刻为我解释明白。"

"你打算不与他解除婚约了吗？"我问。

"你还不信任？"她用一种自傲的语调回答说，"听了你告诉我的话之后我就决定了！"

"你这么做，拿什么理由对他说呢？"

"我会说，我把这件事再三思考了一下，觉得我们还是不要结婚比较好。"

"没其他的理由了？"

"没其它的了。"

即使话是这么说，我还是要为她的处境思考一下，人们恐怕会误会她的用意。"你总不能对外界的舆论置之不理吧？"我说。

"为何不能？"她回答说，"我以前这么做过了。"

"此话怎讲？"

"你忘记月亮宝石的事啦？布鲁夫先生。关于那件事，我不是由于另有苦衷，因此不顾外界的舆论吗？"

她这番作答倒弄得我无言以对。但是，在我们还没回去以前，我还是尽自己的力所能及劝她改变这个想法。可她却依然不为所动。我只得惴惴不安地回伦敦去办公了。

在我回到伦敦那天夜里，艾伯怀特老先生就来拜访我了，我不由得大吃一惊。他对我说，就在当天，他儿子高弗利已将解除婚约的事告知他了，并且他儿子已经对此表示允许。

高弗利先生答应解除婚约的目的，我倒非常明白，仿佛他自己亲口承诺过似的。他需要许多钱，并且是在规定时间内急切地需要这笔钱。雷茜尔的稳定收入对他的问题于事无补。

艾伯怀特老先生来拜访我，是想了解我能否对范林达小姐作出这一怪异举动的原因给予说明。我肯定不能如他所愿地把情形告诉他。他之前与儿子见了次面，原来满肚怒气憋在心里，知道了这件事后，特别气愤。看他的脸色，听他的话语，我便相信他到布赖斯顿与那几位女士见面时，范林达小姐就会发现他是个极难应付的人了。我一夜未睡，决定次日也去布赖斯顿，顺便帮助雷茜尔小姐一下。下一步的事，克拉克小姐已经说了，我只需再补充一点，范林达小姐在汉普斯特德①我家过得很安静。承蒙她看得起我们，她在我家住了许久。我妻子和女儿都对她入迷了，随后她们就像老朋友似的密不可分了。

二

自从范林达小姐从我家离开以后，大概过了一周也许大约十几天后，我的一个文书拿了一张名片通知我说，楼下有位先生要找我聊一聊。

我瞧了瞧名片，上面印着个外国名字，什么名字我已记不清了。在名字下面还有一行英文字，这我倒还记得特别清晰：

"兹经塞普蒂默斯·卢克先生介绍。"

文书见我惊诧的神情，就告知我说，来客肤色黑黝黝的，看模样像个

---

① 伦敦郊区。

印度人。我在心里想了一下，这个陌生人要见我，想来一定是为了月亮宝石的事，于是立刻决定见他。

当这位神秘的当事人一进来的时候，我立刻就知道眼前的这个东方人就是那三个印度人之一，也许还是其中的首脑。他即使穿着整齐的西服，但是从那黝黑的皮肤、彬彬有礼的举动，都能够看出他是个东方人。

这印度人拿出一个小包，一只小盒子在包里面，许多珠宝镶嵌在上面。

"我来是为了渴望您能借一些钱给我，先生，"他用十分流利的英语说道，"我把这个当作抵押，可担保按时还钱。"

"卢克先生为何自己不借钱给您呢？"

"卢克先生说，他没什么能够借给我的钱，先生。"

假如月亮宝石在我手里的话，这位东方先生准会不加思索地把我杀死。但是他不同于我们英国人，他特别有礼貌，也很懂得珍惜我的时间。

"对不起，让您白跑一趟，"我说，"我一向不把钱借给陌生人，并且一向借钱也不收您这样的抵押品。"

印度人又鞠了个躬，站起身来。

"但是请答应我临走前请教您一个问题好吗？"他说。

临走前只问一个问题?! 依我的经验，一般人都要问五十个问题才肯走呢。

"假如您借给我钱了，先生，"他说，"我必须在多长时间以内还清你的钱？"

"按我国的大致情形来看，"我回答说，"您必须在一年以内还清。"

印度人又向我鞠了一个躬，就忽然默不作声地走出了房间。

他一声不吭地，像猫似的倾刻之间就走了。待我惊魂少定，我才得出了一个肯定的结论。

他的表情、声音、举止全都不同一般。但是就算如此，他却让我趁机发现了他的内心深处所想的事情。他一向不为所动，直到我讲出大致还债的时间，才对此有了兴趣。我告诉他这话时，他才首次直呆呆地盯着我的脸看。所以我得出这么一个结论——他问我最后一个问题，肯定别有用途，听见我的回答，也就非常感兴趣。

在这以后，我忽然收到一封信，这信刚好又是卢克先生写给我的，他请求跟我见一次面。

我完全出于好奇的心理，就又做了一回与我本行业务无关的牺牲，同意次日和他见面。

不论从哪个方面来考虑，卢克先生都远远比不上那个印度人——他容貌丑陋又低俗，总之，对他完全不值得浪费笔墨在文中进行任何的描写。以下的话就是他告诉我的。

就在昨日，那个印度人去拜访过卢克先生，卢克先生一眼就辨认出他就是那三个印度人中当作首脑的一个。那人曾在他家门口来回走动，害得他胆颤心惊。他同时也清楚，此人肯定就是把他眼睛遮住、夺走他银行单据的三个人中的一个。这么一来，吓得他目瞪口呆，觉得自己已经灾难来临了。

但是那个印度人却装作得根本像个陌生人一样，他拿出了那只盒子，请求他借钱给他，就跟他以后向我借钱时的情形相同。卢克先生为了要脱离他的纠缠，就说自己没钱能够借给他的。那印度人又请他说出能够向谁借钱。卢克先生就讲到了我。由于他第一个在脑子里想到的就是我。

卢克先生临走时，我问了他一个问题，那个印度人是否说过什么重要的话吗。说过，那印度人临走前问了他一个问题，而且问的就是问我的那个问题。他的回答刚巧也和我的回答完全相同。

这能代表什么呢？我万没料到，就在当天夜里我去参加的一个宴会上，我居然得到了答案。

三

我看见，在宴会上的客人中，最引人关注的便是那位著名的旅行家默士威特先生。

当餐厅里只留下男宾时，我发觉自己竟然就坐在默士威特先生的身旁。虽然在座的客人都是英国人，不必说，等太太小姐们离去，话题便顺其自然地改到了政治上。

但是我却是个最最不像英国人的英国人，由于我一直不喜欢议论关于政治的话题。默士威特先生明显和我有着相似的想法，他正想趁机安安静静地打个盹儿。于是我拿定主意去试试，看看提到月亮宝石这个话题时，能不能把他的睡魔赶走。何况我还想听听他对印度人那个计谋的最新状况有什么看法或是意见。

"假如我没有记错的话，默士威特先生，"我开了口，"你对月亮宝石丢失的事还是略有兴趣的，是吗？"

听见这话，这位著名的旅行家马上就清醒过来，问我是谁。于是我告诉他，我跟亨卡斯尔家有工作上的往来。

"你近来听到过关于那三个印度人的消息吗？"他问。

"我能够断定其中有一个昨日到我办公室来拜访过我。"

默士威特先生听了以后十分吃惊。我对他描述了卢克先生与我遭遇的事情。"那印度人问这问题显而易见是有目的的。"我又接着说，"不然他为何这么在意欠债人何时还钱的事呢？"

"怎么，你不明白他的目的吗，布鲁夫先生？"

"我真对此感到羞愧，自己竟这么笨——然而我却真的不清楚。"

"那么请问，那个抢夺月亮宝石的计谋目前进行得怎么样了？"

"我真的不了解，"我回答说，"印度人的计谋对我来说是个谜。"

"布鲁夫先生，印度人的计谋之所以对你是谜，那是因为你完全没有对它进行过查访。那么目前，让我们一同来对这件事再次探讨一下，好吗？我觉得你对这件事应该有个清醒的认识，这是特别重要的。你需不需要我的帮助？"

不必说，我自然接受了。

"太好了，"默士威特先生说，"我们先来探讨一下有关于那三个印度人的岁数吧。他们看上去岁数大致相同。你看不到四十吧？我也是如此看法。我们就假定他们不到四十吧。从年岁这方面来看，目前这三个印度人，很显然是当年跟随上校到我国来的那三个印度高级婆罗门的继承人。好吧。到目前为止，我们遇见的三个人继承了他们先人的事业。他们做了许多事情。他们的前辈在英国创办的组织已经由他们继承了。这个组织很有钱，在伦敦自然能找到那种私下做事的英国人为他们做事。另外，有时有几个在这大都市里为他们效力的印度人，也会在私下支持他们。即使这只是一个很小的印度人组织，但万万不能小瞧他们。此刻让我问你一个问题，那三个印度人要想抢夺这颗钻石的第一次机会是什么？"

我清楚他的意思。

"他们的第一次机会很显然是亨卡斯尔上校的过世带来的。"

"对。他的过世带来了他们的第一次机会。在他过世以前，月亮宝石被安全地保存在银行的保险库里。你替上校立好遗嘱，把他的宝石遗赠他的外甥女。依照常理，遗嘱是要被检查的。那三个印度人会用什么办法来查看它呢？"

"他们会从民法博士协会那里拿到一份遗嘱的副本。"我说。

"完全正确，那些为他们在私下做事的英国人中，总有一个会替他们弄到你说的副本的。假如他们见了副本，就会了解钻石将遗赠雷茜尔小姐，还了解钻石将由布莱克先生递交她手里。那班印度人必须要作出决定，动手抢夺月亮宝石的时间——是从银行里取出来时就动手呢，或者还是等宝石送到范林达夫人公馆后再动手？第二个方法较为安全，所以他们就装成杂耍者到了弗里辛霍。就像你所知道的，这个组织里有一个人在街上监视弗兰克林先生。但是弗兰克林先生看见了这个人，于是就比以前预定的时间提早到了约克郡，而且把钻石存进了弗里辛霍的银行。那三个印度人却完全不知。"

"这么说来，所有一切都能够解释明白了。"我说，"但是，那三个印度人为何不在雷茜尔小姐生日之前设法夺到那颗钻石呢？"

"这倒极好解释，"默士威特先生说，"那三个印度人并不明白弗兰克林·布莱克先生已把钻石藏起来了——依我们之见，他们在他到范林达夫人公馆的当天晚上，就做了第一件鲁莽的事。"

"第一件鲁莽的事？"我立刻紧跟着问了一句。

"对啊！就在当天晚上，他们正在平台上暗自地察看，就偶然地让加百列·贝特里奇给撞到了。于是他们了解自己走错了一步，以后的几个星期就没有再去公馆。"

"这是为何呢，默士威特先生？这是我想了解的。"

"由于没有一个印度人愿意无谓地去冒险。处在他们的位置，利用哪个方法最安全呢？到底是从诡计多端的布莱克先生手里把那颗钻石抢走呢，还是等到钻石落到那个一心想把它戴在身上的年轻女孩手里再动手呢？因此印度人等了几个星期，在范林达小姐生日当天，他们又来到公馆了。他们沉得住气，等了这么些天，最终见到在她胸前戴着的月亮宝石。那天夜里，我听说了有关于那颗宝石的事，就准确地以为范林达小姐会遭遇危险，所以我劝她把宝石切割分为几块。结果，那颗钻石神秘地消失了，所以我的忠告也就没用了。这你和我了解得同样清楚。这计谋的第一幕就如此了结了。说到这里为止，我已经向你解释明白了全部事情。"

这一点我必须承认。

"到目前，一切都清清楚楚了，"默士威特先生继续说，"印度人丢失了夺取钻石的第一次机会。就在他们还关在牢里的时候，第二次机会又来临了。这一点我能够证实。

"当时我恰在弗里辛霍。就在那三个印度人放出的前一两天，典狱官带了一封信来见我。这信是那几个印度人在弗里辛霍居住时的女房东马凯恩太太送来的。邮票上的地址是'兰贝斯区'，信是用外文写的。典狱官请我把信译出来。这就是译文。"

他递给我一个笔记本。

于是我见到了以下这样一段文字：

以端坐在羚羊宝座之上，四臂环抱大地四周的黑夜主宰的名义。

弟兄们，把脸转向南方，到通往浊流的闹市来见我。理由如下：

我亲眼见到它了。

信就此了结，既没写日期，也没有详细的署名。

"我不如把第一句解释给你听，"默士威特先生说，"那三个印度人自身的举动，就能够说明其他的问题。在印度神话里，月亮神是位端坐在羚羊宝座上的四手之神，但是它另有一个称呼叫'黑夜主宰'。在这封信中，开端，就暗示了月亮宝石。再者，那三个印度人被放出后，就做了什么事，他们马上赶往火车站，乘头一班去伦敦的火车。之后，你猜猜我们听说了什么，布鲁夫先生？"

"他们就总是在兰贝斯区卢克先生的家门口走动，纠缠卢克先生苦不堪言。"

"对了。卢克先生在向地方官寻求帮助时，讲到了他雇用的一个外国工人。由于他疑心这人预谋偷窃，还疑心他跟门口缠他的那几个印度人相互勾结，因此才把他辞退。这样一来，事情不是很明白了吗，是谁写了那封信？那人打算偷卢克先生的什么东方珠宝？"

我总是认为月亮宝石在卢克先生手中。但我总是弄不明白那三个印度人如何会知道这事。这问题到目前才跟其它问题同样得出了答案。

"还有个问题要去回答呢。"默士威特先生说，"有人把月亮宝石带回了伦敦，而且把它抵押了许多钱，有没有看到这人是谁呢？"

"没有。"

"有人胡说八道，说这人是高弗利·艾伯怀特先生。听说他是个大名鼎鼎的慈善家——这明显是在打击他。"

我对他这一看法表示十分赞同。同时，我觉得告诉他是我的职责，高弗利先生已经被证实是无辜的。

"好吧，"默士威特先生理直气壮地说，"那就让时间来证实这一事实吧，终有一天会大白天下的。此刻我们得回过头来讲讲那个印度人。他们再次伦敦之行，最后以失败告终。他们再次丧失了夺得宝石的第二次机会，这是由于卢克先生有先见之明，他由于放高利贷而出名，这决不是毫无根据的。他解雇了那个工人，并且立刻把月亮宝石存进了银行。呃，布鲁夫先生，他们夺得宝石的第三次机会是什么？而且这机会何时才会来呢？"

他一问出这句话，我终于搞明白那印度人来我办事处的目的了。

"我清楚了，"我高声讲道，"那几个印度人认为月亮宝石已经抵押出去了。他们想要知道多久以后能够赎回宝石，由于要到那时，月亮宝石才能从银行里取出来！"

"这就是答案。月亮宝石抵押出去一年后，那三个印度人等候的第三次机会就到来了。卢克先生亲口告诉了他们得等多久，再加上你这位值得敬重的颇具威望的律师的回答，使他们确信卢克说的是实话。这颗宝石是何时被放高利贷的人拿到的？"

"我想可能是今年六月底吧。"我回答说。

"今年是一八四八年。对啊。假如那个把月亮宝石抵押出去的来历不明的人，在一年以后能把它赎回的话，那到一八四九年六月底，那颗宝石就又会回到他手里了。但是到六月底的时候，我可是远离英国好几千公里呢。但是，若是我换作是你的话，到那时不论如何都要留在伦敦。"

"你看会出什么大事吗?"我问道。

"依我之见，我在中亚那些凶恶的宗教狂之中，比口袋里装着月亮宝石、走过银行大门要安全多哩。那三个印度人已经两次失算，布鲁夫先生，我认为他们决不会心甘情愿地丧失第三次了。"

对于这个问题，他就谈到这儿了结了。咖啡已经端上来，于是我们后来就上楼找宴会上的太太、小姐们去了。

我记下了这个时间："一八四九年六月。等待印度人的消息，到该月月底为止。"

写完这几句，我已经不必写下去了，于是就把笔递交继续写下去的人。

第三个故事

克夫探长撰稿

一

敬重的弗兰克林·布莱克先生:

当你见到这几页资料，就会明白有关过世的高弗利·艾伯怀特先生很多问题的答案——虽然不是全部的问题，最起码也有一多半了。

我将把令表兄过世的真相以及我对高弗利先生的生前面目的发现告诉你。

二

我首先要讲的是令表兄过世的真相。

不用置疑，他是让人用床上的枕头给捂死的。就是那三个印度人杀害他的，抢夺月亮宝石就是害死他的用意。

这个结论归结于对旅馆房间的调查和验尸报告。卢克先生对匣子和收据进行检验后，承认是他在六月二十六日把那匣子递交高弗利·艾伯怀特先生的。很显然，这次犯罪的动机是偷窃月亮宝石。

下一步讲讲犯罪的方法。在调查中发现，房间天花板上那扇能够直通屋顶的天窗已被打开。在天窗的木板上有一个方形的窟窿。所以全部人都能够自外面拔去插销，把天窗打开，跳进房内。

之后，讲讲那个罪犯，或许说那几个罪犯。

大家明白，（一）那三个印度人很想得到那颗钻石。（二）那个看上去像印度人的，就是有人见到通过马车窗口跟那个技工打扮的人交谈的，预计就是那三个策划阴谋的印度人中的一个。（三）在二十六日夜里，确实有个技工装扮的人，总是秘密监督高弗利·艾伯怀特先生。（四）在二十七日清早，有人见到三个跟那三个印度人外表类似的人，乘轮船离开伦敦，赶往鹿特丹。

这就是在道义上证实高弗利先生被印度人谋杀的证据，即使算不上是法律上的证据。

验尸的结果证明，这是由一个或几个不知姓名的人所犯的"蓄意杀害罪"。

此时，我要回过头来讲一讲你和高弗利·艾伯怀特先生，在已过世的范林达夫人公馆里会面前后，及其会面期间所发生的事。

三

我必须先告诉你，高弗利·艾伯怀特的生活是具有着两面性的。大家见到的一面，他是个正人君子，还是慈善集会有名的演说家，一个具有丰富管理才能的人，他将他的全部才能贡献给了各种慈善事业，其中主要是妇女团体。大家见不到的一面，这位正人君子却只图容华富贵，有座别墅在郊外，那不是用他的真姓名买的，在别墅里还有一位夫人，也不是用他的真实姓名娶的。

我对那座别墅曾经进行过一次勘查，里面有精致的图画和雕像，放置着豪华的家具，还有珍贵的花草。我对那位太太做过调查，结果发现她拥有很多值钱的珠宝，还有高贵的马车和马匹，她在公园①附近曾经轰动一时。这全部原本很平常。有别墅和太太，这些在伦敦的生活圈子中都很普通。不过，全部这些精致的物品都是用现钱买来的，连一点债都没欠下，这就不平常、不普通了。那座别墅是在买下后过户到那位太太名下的。

是高弗利·艾伯怀特先生之死，督促我作了这些勘查，帮我破解了这个谜底。

经过勘查，发现下面这些事情。

高弗利·艾伯怀特先生受别人委托，帮人代替管一笔两万美元的款项——他是一位少爷的两个代管人之中的一个，这位少爷到了一八四八年还未成年。依照规定，到了一八五○年二月那位少爷成年之日，就得把两万美元归还他本人，不必再代管。在两个代管人代管期间，他们一年必须付给那位少爷六百美元供他平常支出——分成两次付给，一次是在圣诞节，另一次在施洗约翰节②，这笔费用依照惯例由执行代管人高弗利·艾伯怀特先生按期付给。不过，到了一八四七年年末时，这两万美元的款项（这笔款项原本是用以支付那位少爷开支用的）就已经被分别盗窃一空了。按例银行的取款凭据是需要两个代管人共同签字生效的。不过另一代管人的签名每回都被艾伯怀特先生冒充了。上面这些事实说明，艾伯怀特之所以可以冠冕堂皇地支付别墅的费用而且供养那位太太，就知道是怎么回事了。

六月二十一日那天是范林达小姐的生日。此前一天，高弗利·艾伯怀特先生曾经向自己的父亲请求借钱三百美元。你应该还记得，到了那个月的二十四日，是他应该给那位少爷付钱的日子。不过老艾伯怀特先生不愿借给儿子一分钱。次日，高弗利先生向范林达小姐提出求婚，范林达小姐回绝了他。假如到了那个月的二十四日，高弗利先生还不能借到三百美元，到一八五○年二月，又无法借到两万美元的话，那么他就完了。

下一步发生了什么事呢？坎迪医生和你发生了争执，坎迪医生请高弗

---

① 这里指伦敦的海德公园。

② 6月24日，是英国四个结账日之一。其他三个分别为3月25日的报喜节、9月29日的米迦勒节和圣诞节。

利先生在你临睡前喝的酒里掺和一服鸦片酊。高弗利先生高兴地允诺了。

四

六月二十三日那天，卢克先生见高弗利先生前去拜访，心中很是惊讶。等到高弗利先生把月亮宝石拿出来，就更加惊讶了。高弗利先生想让他买下或帮忙卖出这颗宝石。卢克先生细心地把宝石看了一遍，他为宝石评估为三万美元。随后，卢克先生问了一个问题："怎么弄到的？"只有五个字！但有深刻的含意啊！

高弗利先生编了个故事。卢克先生又开口了，这次只有三字："不可以！"

高弗利先生又编了一个故事。卢克先生说，他不想在这件事上浪费时光了。于是高弗利先生只好对这件事又尽力地讲出了一种新说法。

他在你的兑水白兰地里将鸦片酊暗自掺和去后，跟你说了声晚安，就回到你隔壁他自己的那间房里去了。这两个房间有一扇门通着。夜里，他听到你在说话，一看原来是那扇通着的门没有关上。又见到你手拿蜡烛，走出房间。还听到你自言自语地说："我怎么会了解呢？可能那几个印度人就在公馆里藏着。"他跟在你后面走到范林达小姐卧室的门口，见到你走进去。你没有关上门。他见到你把那颗钻石从抽屉里取出来。他也见到范林达小姐在自己的卧室里，从略微打开的门缝里，一声不吭地盯着你。他和她都见到了你拿了钻石。高弗利先生赶快回到自己的房间。片刻后，你也回来了。你用一种睡意朦胧地怪声叫他一声，之后又用昏昏欲睡的眼神盯着他。你将钻石放进他的手中，说："拿去！我的头像铅一样沉沉了。"话毕，你就一头栽倒在椅背上——入睡了。

高弗利先生把钻石拿上回到自己的房间。他计划到次日早上瞧瞧情形再说。到了第二天早晨，他见你对自己昨日夜里做的事完全不了解，并且范林达小姐为了宽恕你，一声不吭。如果高弗利先生决定拿走钻石，他能够不担当任何风险。这颗月亮宝石能够拯救他，使他不会一败涂地，于是他就将月亮宝石放进了自己的口袋。

五

这就是令表兄给卢克先生所说的故事。卢克先生认为，在主要的事实方面这个故事是真实的。原因很简单，高弗利先生不是聪慧人，这种故事他编不出来。卢克先生答应借给高弗利先生两千美元的款项，以月亮宝石作典押。在一年后，假如高弗利先生把三千美元归还他，他就能够拿回钻石。如果到期不还，那颗月亮宝石就要归卢克先生拥有。高弗利先生听到这样的回答，感觉到自己就像是落入了一个陷阱。他向四周观看着，别无它法，无计可施。那天已经是六月二十三日。到次日，他就得付给那位委托他代管财产的少爷三百美元，目前除了卢克先生提出的方法之外，确实没有其它办法能够借到钱了。要不是由于有这个困难，他早就把钻石亲自带到阿姆斯特丹去切割成若干块了。事到如今，他毫无选择，只得答应卢克先生极其苛刻的要求。

令表兄生平还一件事，那就是他先想和范林达小姐结婚，后又想娶另一位女士。这事你肯定知道。另外，你也了解，不久，他的一位女信徒，把五千美元的遗产留给他。这笔遗产使他送了命。

他拿到五千美元，就出国了，出发去了一趟阿姆斯特丹，为的是把钻石切割成几块，在那里作了一些安置。随后他假装回国，按约定的日子赎回月亮宝石。如果他能平平安安地带着宝石到阿姆斯特丹，那么他还有时间在一八五〇年二月以前，将钻石切割成几块卖掉。由此看来，他只能冒这份实际上已经冒过的风险，他的目的是什么？他只得孤注一掷了——也许从来还没有人有过这样的孤注一掷呢。

您永远的忠仆

伦敦　伦敦警察厅　侦探大队
前任探长　理查德·克夫敬上
一八四九年七月三十日于多金

尾声　默士威特先生的报告

（一八五○）
引自给布鲁夫先生的信

敬爱的先生，你是否还能记得，一八四八年的秋天，你在伦敦的一个宴会上曾经见到过一个有些蛮横的人？请让我提示你，那个人叫默士威特，你跟他在饭后曾作过一番长论，谈的是有关一颗称为月亮宝石的印度钻石的事。

从那之后，我总是游览在中亚一带。约半月前，我发现自己居然已经到了印度西北部，那是一个叫作卡提阿瓦①的地方。我在这儿竟然遇到一件怪事，你听到这件事肯定会好奇。

在卡提阿瓦那个荒凉地区，人们都信仰古老的印度教——信仰从古代以来就总是奉养的婆罗贺摩②和毗湿奴③。最有名的印度教朝奉圣地中，有两处就在卡提阿瓦地区。一处是德瓦尔卡④，另外一处是圣城松纳特——在十一世纪，曾经被伽色尼王国的马哈茂德毁灭。

我发现自己已重新到了这个有神奇性的地方，于是计划到那座庄重伟

---

① 在印度西海岸，伸入阿拉伯海里的一个半岛，是今之古吉拉特邦。

② 亦即梵天，为印度教三大神之一，是创造之神，众生之父。

③ 又译为毗瑟拿，印度教三大神之一，是守护之神。

④ 今古吉拉特邦贾姆纳加尔县所属的城镇。那里有毗湿奴主要化身讫里什那神的神庙。

大的松纳特城去观看一番以后，再离开卡提阿瓦地区。我只要通过三天的步行，就能够到达那座圣城了。

我还没走多远，就见到有人——三三两两的——与我同走，朝着同一个方向走。我自称是从偏僻地区而来的印度佛教徒。到次日，与我同行的印度教徒已经增到几百人；第三天——已成千上万了。我一问，原来他们都是前去参加一个隆重的宗教仪式的。这个仪式是月亮神开光大典，夜里规定在松纳特城旁边一座山上举行。

当我们走到那座山上时，月亮已经在天空悬挂着。在山顶上两棵参天大树之中，挂有一幅帐幔，将神龛遮掩。悠扬的乐声传入耳中。在神龛旁边我看见有三个人影，我认识其中一个就是在英国范林达夫人的公馆平台上见到的印度人中，跟我讲过话的那个。

被掩饰着的神龛那里传出了一阵洪亮的喜庆胜利的乐曲。两棵大树间的帐幔缓缓拉开了，后来神龛就展示在全部人面前。

看，月亮神端坐在神座上——她的四臂伸展向大地四方——月亮神神奇而又庄重，高高地在我们的上方。那颗黄钻石在神像的前额上闪闪发光。上回在英国，其光彩曾从一个女士的胸襟上照射过我呢！

是啊！在经历了八个世纪以后，这座圣城的城墙，终于又被月亮宝石再次照射着，有关它是如何回到荒凉的故乡——那三个印度人遇到了什么机缘，犯了什么样的罪，才把这颗神圣的宝石抢回，那就无法知道了。但有一件事，我是知道的：在英国你再也不会见到这颗钻石了，永远不会见到了。

光阴似箭，年复一年。月亮宝石今后还会遭受什么危险经历呢？谁也说不明白啊！